詩心

黃永武——著

國家圖書館出版品預行編目資料

詩心／黃永武著. ——八版一刷. ——臺北市：三民，2019
面；　公分. ——(集輯)
ISBN 978-957-14-6582-1　(平裝)

831　　108001012

© 詩　心

著作人　黃永武
發行人　劉振強
著作財產權人　三民書局股份有限公司
發行所　三民書局股份有限公司
地址　臺北市復興北路386號
電話　(02)25006600
郵撥帳號　0009998-5
門市部　(復北店) 臺北市復興北路386號
(重南店) 臺北市重慶南路一段61號

出版日期　初版一刷　1971年6月
八版一刷　2019年4月
編號　S 820330

行政院新聞局登記證局版臺業字第〇二〇〇號

ISBN　978-957-14-6582-1　(平裝)

http://www.sanmin.com.tw　三民網路書店

緣起

書本，是知識的橋梁、文化的渠道，閱讀好書，我們得以與歷史經典為伴、當代思潮為友。

「集輯」書系——集思為海，廣納知識。收錄文學、國學、哲學等不同領域學問，有散文、小說、評論和回憶錄等各種作品。引領讀者探索世界，一同徜徉浩瀚的知識之海。

方便攜帶的小開本書籍裝幀，能讓讀者在繁忙的生活中，也擁有隨手閱讀、輕易涉獵不同領域的紙本體驗。當閱讀在生活中開花，生活也會因閱讀而繽紛。

三民書局編輯部　謹識

新版《詩心》序

《詩心》是一本已在臺灣銷售了五十年的常春書，如今改版重排，際此紙本文學書面臨勁風嚴霜的落寞季節，舊書要換衣新妝，這無異是寒收氣變的回春喜訊！

回想寫《詩心》的歲月，我尚未脫離求學時期，眼下都是孤清枯澀的博士論文資料，常想透透新鮮氣息，便寫些怡情生趣的文章來調劑，於是在博士論文之外，完成了《字句鍛鍊法》與《詩心》為副產品。

《詩心》以分析鑑賞古典詩為主，那時喜愛古典詩的人，似乎只剩下些傳統深厚的文士，品賞的觀念只求意會不重言傳。所以當《詩心》一問世，就被于大成博士推舉為欣賞詩歌的「金鍼寶筏」，並說：「作者以其在修辭上的成就，來對舊詩加以分析，自然細緻深刻，鞭辟入裡，豁然貫通，無所罣礙了！」（見一九七二年十一月十九日《華夏導報》五〇期「每週一書」專欄）。

于博士的稱譽我不敢當，但他確實說出了我的新方法，是運用廣義的修辭學來欣賞古典詩，才與前人大大不同，而自創出一條新門道。

例如欣賞賈島的〈訪隱者不遇〉：「松下問童子，言師採藥去，只在此山中，雲深不知處。」是押去聲韻，去聲韻有輕飄清遠的感覺，與隱者飄忽的行蹤很諧合。松下見了童子，以為隱者也快見到了，卻採藥去了，見不到。童子又說只在此山中，以為隱者仍有可能找到，結尾說雲深不知處，哎呀，還是見不著。四句一正一反的布局，和隱者的身分很相宜，若一訪就見著，還像隱士嗎？

又如欣賞孟浩然的〈春曉〉：「春眠不覺曉，處處聞啼鳥，夜來風雨聲，花落知多少？」是押上聲韻，上聲韻有舒徐和軟的感覺，與春天愛睡、易醒、醒而又睡，舒服得懶於睜眼起床的心態很諧合。有時天是否全亮尚不知不覺，閉眼只聞啼鳥聲很熱鬧。有時夜來風雨交作，一樣閉眼去睡，管它外面的花兒落了多少！曉、鳥、少，這聲調好和軟，多麼容易又睡著了！相對於李白〈靜夜思〉所押的平聲韻，光、霜、鄉，宏亮的韻腳連睡著的也會被吵醒，所以和他睜眼不睡的思鄉情景也是諧合的。

在後來數十年的教學生涯裡，我仍常常讀詩歌、鑑賞詩歌，愈想愈有趣，愈想愈覺得中華文化的精美，好的藝術精品必然是經得起分析檢驗的。我雖沒有如初版跋文中說寫第二本、第三本《詩心》，而是去運用更廣義的修辭法，寫成體系更完備的《中國詩學》，為推動美的鑑賞教學法而努力。至今風潮已普及全國，成效顯著，也就成了我當年用心寫《詩心》最大的安慰。

《詩心》是我畢生研探詩學的起手式，也希望能成為讀者踏進詩國花圃的入場券。

黃永武　寫於二〇一九年三月

目次

孟浩然詩欣賞

孟浩然的詩，澹遠清亮。李東陽《麓堂詩話》說他「專心古淡，而悠遠深厚，自無寒瘠之病。」陸時雍《詩鏡總論》說讀孟詩，有「泉流石上、風來松下之音。」李氏體味出孟詩的澹遠，陸氏體味出孟詩的清亮，這正是孟詩的風格。

孟浩然，以字行，襄陽人，後人尊稱為孟襄陽。浩然骨貌淑清，風神散朗，生當武后之世，故隱於鹿門山，以詩自適，不欲出仕。後遊京師，曾在秘省賦詩：「微雲淡河漢，疏雨滴梧桐」，句意清絕，一座嗟伏。不久有機緣為明皇所召見，使口進佳句，孟氏誦「不才明主棄，多病故人疏」一首，明皇聽罷很不愉快，說：「卿不求朕，豈朕棄卿，奈何誣我？」因此便放還。本來襄州刺史兼山南東道採訪使韓朝宗想薦舉他，約他同往京師，其時恰有好友去訪孟浩然，相與歡飲，孟竟把刺史的約期置諸腦後了。到四十九歲那年，隨張九齡在荊州為從事，沒幾年，開元末五十二歲便病卒於襄陽，總其一生行事，孟浩然可說是一個純然的詩人了。

李白有一首五言律詩〈贈孟浩然〉云：「吾愛孟夫子，風流天下聞，紅顏棄軒冕，白首臥松雲，醉月頻中聖，迷花不事君，高山安可仰，徒此揖清芬。」對於襄陽的高致，十分傾服。杜甫也有〈遣興〉詩道：「吾憐孟浩然，短褐即長夜，賦詩何必多，往往凌鮑謝。」又有〈解悶〉詩道：「復憶襄陽孟浩然，清詩句句盡堪傳。」孟浩然的詩品和人品，從李杜的詩中可以窺見。鍾惺評《詩歸》云：「浩然詩當於清淺中尋其靜遠之趣」，話雖不錯，但是孟詩的面目依然很多，下面所舉的幾首詩，正說明他不同的意境與神態：

途中遇晴

已失巴陵雨，猶逢蜀坂泥。天開斜景遍，山出晚雲低。
餘濕猶霑草，殘流尚入谿。今宵有明月，鄉思遠悽悽。

欣賞

這首詩的題目是「途中遇晴」，既是遇晴，必先有雨而後開晴，因此作者把握著「雨」、「晴」兩個主題來寫，晴是主，雨是賓，用雨來襯托晴，這晴才顯得清新可愛。

「已失巴陵雨，猶逢蜀坂泥」，鍾惺評《詩歸》道：「十字說題確甚。」又道：「不說晴說雨，妙。」這題是遇晴，偏從雨寫，既已消失巴陵地方的雨，是說雨已過，但是蜀郡的坂道上依然泥濘不堪，是說初晴。由巴陵而蜀坂，表出了「途中」，雨既失，猶逢泥，正是「遇晴」的光景，十字不曾說晴，而雨過天晴的景象已很具體地勾出了。

其實不只是起首十字切準題目，即使下面「天開斜景遍，山出晚雲低」正寫晚晴；「餘濕猶霑草，殘流尚入谿」正寫雨過，而「今宵有明月」句，也是針對久雨開晴而寫，途中遇晴雖是樂事，然而今晚對著光輝的月亮，那遙遠的鄉思，勢必悽然動心，這樣的結尾，把「遇晴」的歡喜又化作思鄉的淚點了。

「天開斜景遍，山出晚雲低」二句，寫開晴時的山景，雲天開處，斜陽照遍了大地，山峰露出它們嶙峋的形勢，暮雲平平地低橫在山下，王有宗說這二句「詩中有畫」，鍾惺也特別欣賞這個「遍」字，說「遍字真」，意謂這詩句把山中晚晴的風景體味得極真切。下面「餘濕猶霑草，殘流尚入谿」，這「猶」、「尚」二字，已把雨過天晴的意味傳出，頷聯說斜照滿山，千里雲平，寫得壯闊遠大，腹聯說草上還霑著餘濕，殘流還涓涓地匯向谿中，寫得幽澹細小，前半闊大，後半工細，兩相對照，自生遠近不同的趣味。

前人作詩，都喜將頷聯、腹聯分寫情景，頷聯寫情，則腹聯寫景，然而王維和孟浩然，都擅長於全首寫景，情思只留在末句輕輕一點，而全詩便有了餘韻。這種通首寫景的方法，不是初學的人所能企及的，胡元瑞曾說：「中四句言景，不善學者湊砌堆疊，多無足觀。」又說：「作詩不過情景二端，如五言律體，前起後結，中四句二言景，二言情，此通例也。唐初多於首二句言景對起，止結二句言情，雖豐碩，往往失之繁雜。」這正說明了中間四句全寫景，是很難出色的。

皮日休曾評孟浩然的詩，說他「遇景入詠，不鉤奇抉異，令齷齪束人口，若公輸氏當巧而不巧者」（見《全唐詩話》及《唐音癸籤》引）。施閏章《蠖齋詩話》也說：「襄陽五言律絕句，清空自在，淡淡有餘」、「專以氣體取勝」，皮施二氏的評語，拈出了孟詩的風格，因此孟浩然的詩，多以渾涵澹遠的氣體來取勝，如果以奇字雋語的尺度去衡量，便不能認識孟詩的面目。胡元瑞又說：「好詩句法渾涵，不可以一字求，句中有一字可摘為眼，非詩之至也，才有此句法，便不渾涵，昔人謂石之有眼，為研之一病，余亦謂句中有眼，為詩之一病。」以胡氏這種評賞的眼光去讀孟詩，那麼這首不奇詭、不尖巧、「八句皆淡」而韻在言外的詩，必然是胡氏所激賞的了。然而這類詩，宜於五言八句，方東樹曾說：「八句皆淡者，韋孟有之，愚謂五言八句，可以皆淡，七言則不可。」方氏的話，最推深識。

欣賞

送告八從軍

男兒一片氣，何必五車書。好勇方過我，多才便起予。
運籌將入幕，養拙就閑居。正待功名遂，從君繼兩疏。

孟襄陽的詩，雖以氣象清遠、幽閒古澹為其特色，然而在他的集子裡蘊含雄直之氣的詩也不少。單就送友人從軍的詩來看，都激昂慷慨，沒有一絲厭戰悲觀的色彩，除了這首〈送告八從軍〉外，又有〈送蘇六從軍〉詩道：「才有幕中士，寧無塞上勳。漢兵將滅虜，王粲始從軍。旌旆邊庭去，山川地脈分。平生一匕首，感激贈夫君。」寫男兒意氣，凌厲無前。又有〈送陳七赴西軍〉詩云：「吾觀非常者，碌碌在目前。君負鴻鵠志，蹉跎書劍年。一聞邊烽動，萬里忽爭先。余亦赴京國，何當獻凱還。」王有宗批評說：「壯志遠懷，一齊迸出，期望語何等鄭重！」這種鼓舞豪情壯志的詩，竟出於「以清勝」的孟浩然筆下，不禁使人有些奇怪，然而《吟譜》上說：「孟浩然詩祖建安，宗淵明，沖澹中有壯逸之氣」（見《唐音癸籤》卷五）。吳師道《吳禮部詩話》也說：「孟浩然高抗有節，一時豪傑，翕然慕仰，非特以其詩也。」《吟譜》指出孟詩的淵源，有建安風骨；《吳禮部詩話》指出孟浩然平日為人的態度，我們了解他的文學源流和為人，才知道孟詩語氣清亮，超邁雄直，乃是意想中的事。

這首詩的大意是說：男兒有一片淩霄豪邁的意氣，何必斷斷於文墨之間，像惠施一樣，著了五車的書呢？這是勸勉排行第八的告去從軍的，接著說告的好勇，實在超過了我，而他的才華又多，常能啟發我。「好勇過我」和「起予」二個典故並出於《論語》，都是孔子讚美弟子的話，由是也可以知道告八大概是孟氏的晚輩。下面說他足智多謀，必將被請入帷幄去運籌，然而我卻已過著優游閑居的生活，要等待你功績聲名成就以後，和你一同歸去隱居，像漢代的疏廣疏受那樣，功名既立，叔姪一同辭歸故里。這是替告八預畫出一幅未來的美景。

王有宗評這首詩說：「起勢突兀」，正舉出了本詩的優點所在。起句不凡，是五言律詩的訣巧，方東樹說：「起手貴突兀。王右丞『風勁角弓鳴』、杜工部『莽莽萬重山』、『帶甲滿天地』、岑嘉州『送客飛鳥外』等篇，直疑高山墜石，不知其來，令人驚絕。」孟氏這句「男兒一片氣，何必五車書」，也是以奇語突起的形態。嚴滄浪曾說：「對句好可得，結句好難得，發句好尤難得。」這首詩是精神集中在發句上的。

閨情

一別隔炎涼，君衣忘短長。裁縫無處等，以意忖情量。畏瘦宜傷窄，防寒更厚裝。半啼封裹了，知欲寄誰將？

欣賞

全詩寫閨中婦人思念遠方的丈夫，為他縫成了一件寒衣，卻不知該如何寄達。本著這個題旨，揣摩閨中的情景道：分別以來，將隔一年，寒暑易節，想起你該添寒衣了。然而你衣服尺寸的短長，我已忘記，在裁縫的時候，沒處可以度量長短，只有私心裡忖度一個大概。恐怕別後你瘦了許多，我把衣服做小了些，也許反有狹小的缺點。又為了你需要防禦寒冷，所以把棉衣做得特別厚，當我一面流淚、一面把新衣封裹好了，卻不知託誰才能帶給你！

這首詩完全用白描的手法，語淺而情深，頗有餘味。《白石道人詩說》云：「句中無餘字，篇中無長語，非善之善者也。句中有餘味，篇中有餘意，善之善者也。」白描的詩若沒有餘意，便淺率流走，所以最不易學，紀昀批《瀛奎律髓》，以為孟詩雖清，但貼切，並云：「學孟不成，流為淺語。」紀氏所戒，誠為知言。入手學詩，一流入滑易，幾乎無法再精進了。

「裁縫無處等，以意忖情量」，王有宗說：「此詩從小謝『腰帶準疇昔，不知今是非』化出，然彼則樸渾，此則纖靡矣。」王氏的說法很正確，就孟詩此二句與小謝相比較，自有樸渾與纖靡的不同；我們再將「畏瘦宜傷窄，防寒更厚裝」二句和孟郊的「臨行密密縫，意恐遲遲歸」相比較，那種古樸與纖巧的意味，便益加容易辨別出來了。

「半啼封裹了，知欲寄誰將？」這樣的結尾倒是始料所不及的，到了寒衣已縫好，才想起來無法投遞，使起先綿綿密密的情意落了個空，平添無限感觸。嚴滄浪說：「收拾貴在出場」，說一首好詩的收結處，最要注意「出場」，「出場」的意思，據方東樹的解釋是：「篇終出人意表，或反終篇之意，即所謂出場」（見《昭昧詹言》卷二十一）。那麼這首詩在布局方面，可以說是妙在「出場」了。

《昭昧詹言》中又說詩有四種高妙，所謂「一曰理高妙，二曰意高妙，三曰想高妙，四曰自然高妙。礙而實通曰理高妙，意出事外曰意高妙，寫出幽微如清潭見底曰想高妙，自然天到曰自然高妙。」以這四種高妙來衡量本詩，它寫閨中哀怨，宛然如見，可說是屬於「想高妙」的一類。

濟江問同舟人

潮落江平未有風，輕舟共濟與君同。時時引領望天末，何處青山是越中？

欣賞

潮水退落了，沒有一絲風，江上平靜無浪，我和你共坐著一艘輕舟，正渡過錢塘江（據高步瀛所考）。在船中，時時引長著脖子，眺望天邊，問同舟的你：那裡才是越中的青山呢？

「時時引領望天末」，寫心急不耐的神情，而「潮落江平未有風」偏寫舟行很慢，不能憑藉潮水與風的助力，早日抵達。於是頻頻相問，希望望見天末的青山是越中。這樣用表情與對話，以動態的示現來寫出行旅的心境，非常具體。孟浩然還有一首〈夜渡湘水〉，結尾是：「行旅時相問，潯陽何處邊？」手法是相同的。

以問號句來作為收結，常能留下悠然不盡的餘韻。我個人以為激發餘情的不竭，在收結處最不宜輕苟，歸納前人的佳作，大約有十來種方法：第一是以含蓄生情：就是在末句宕逸一筆，只此說住，使言外有無限情事，譬如王安石的〈九日賜宴瓊林苑作〉詩：「金明池道柳參天，投老重來聽管絃，飽食太官還惜日，夕陽臨水意茫然！」末句不寫「志不在富貴」或「志士惜日短」等意思，只是撇開不說，反感蘊含深遠。第二是以省文生情：就是把要說的話置於筆外，要人深入體味，才能領略它的妙處，如李煜〈浪淘沙〉下片的：「獨自莫憑闌，無限江山，別時容易見時難，流水落花春去也，天上人間。」這天上人間一語，謂人天相隔，猶宜有再見之期。正截用白居易「天上人間會相見」的句子，而其中隱藏「但教心如金鈿堅」的意思，要靠人言外領取。第三是以癡語生情：就是以癡情的話，表現純真的性情，令人愁絕的，如翁大立〈贈吳之山〉詩：「看君已作無家客，猶是逢人說故鄉。」早是無家可歸的流離者了，還逢人便說他的故鄉有多好，正是用癡語表現出愁絕的意態。第四是以引喻生情：就是選擇一個適切的比喻，把許多難以形容的感覺比擬出來，也教人神往，如王安石的〈省中〉詩：「移床獨向秋風裡，臥看蜘蛛結網絲。」那萬緒悠悠、世事參差，都不必詳說，但看蜘蛛結網，而嘆息勞頓之情已充盈在秋風裡了。第五是以跌宕生情：就是在末句用佚蕩之筆，寫放逸之情，來喚起讀者一種警切的韻味，如孟浩然〈自洛之越〉詩的結尾：「且樂杯中酒，誰論世上名！」寫人世徒勞無益，跌宕一筆，予人一種語重心長的感受。第六是以婉轉生情：這是用往復深婉的筆意，使事過情留，令人低徊的，如徐熥的〈寄弟〉詩：「春風送客翻愁客，客路逢春不當春，寄語鶯聲休便老，天涯猶有未歸人。」春風送客反而令客愁，這是往復；天涯遊子有家歸不得，不說為什麼歸不得，只寄語鶯聲慢些老，這是委曲深婉，自有情味餘於意言之外。第七是以缺憾生情：就是以缺憾來引起讀者縈繞魂魄的餘情，如元稹的〈遣悲懷〉詩：「唯將終夜常開眼，報答平生未展眉！」情癡語摯，這種悼亡之悲，讀來咀味無窮。第八是以翻疊生情：是用曲折翻騰的筆法，橫生姿態，用在收結處，最易使神韻盪漾。如徐熥〈酒店逢李大〉詩：「十年別淚知多少，不道相逢淚更多。」翻一句，出人意表，情味盎然。第九是以主觀推理生情：是用故意別為推理的方法，看似於理不合，然就詩而論，意趣無窮。如孟浩然的〈歲除夜有懷〉的結句：「守歲家家應未臥，相思那得夢魂來！」以為相思雖足以牽動夢魂，但是今夜家家未睡，就是再相思也牽不動夢魂來了。再如周在的〈閨怨〉詩：「應是子規啼不到，故鄉雖好不思歸。」不咎責征人的不返，而歸咎於子規的啼不到，這種都是憑主觀的推理來生情的。第十種方法是以誇張來聳動讀者的耳目，使人感到意味清新的，如孟浩然〈與顏錢塘登樟亭望潮作〉詩的結句：「驚濤來似雪，一座凜生寒！」是靠誇張來生情。此外便是以反詰來生情，結尾反問一句，有時是別人無可回答的話，也不須別人回答，自能產生一種飽滿的情趣，如孟浩然〈同張明府清鏡嘆〉詩的末尾：「寄語邊塞人，如何久離別？」即屬此種，本詩問「何處青山是越中？」也產生一種將盡不盡的餘味。

春曉

春眠不覺曉，處處聞啼鳥。夜來風雨聲，花落知多少？

欣賞

第一句春眠不覺曉寫「不覺」，第二句處處聞啼鳥翻過來寫「覺」；第三句夜來風雨聲寫「覺」，第四句花落知多少又翻過來寫「不覺」。一正一反，往復生趣。喻守真說：「全詩以不覺為柱意，首二句從不覺而覺，因春眠至曉，聞啼鳥而覺。下二句是推想之詞，是寫不覺的神情，是從覺而不覺，上句是覺，下句是不覺。」喻氏的分析，幫助我們了解孟氏匠心經營的艱苦，所謂「造意極苦，篇什既成，洗削凡近，超然獨妙」（見季振宜〈全唐詩序評孟詩〉）。就是指這一類的詩。

大凡欣賞一首詩，了解詩意是一件事，了解作者「由工入微、造思極苦」的匠心又是一件事。《詩人玉屑》上載朱熹論詩有兩重：「曉得文義是一重，識得意思好處是一重。」正是這個意思。像這二十個字，誰人不識得？然而它的好處幾乎難說得很。

凡是好詩，它的好處一定難說。原因是好詩正像好風景，每個人立在不同的角度，同樣發出讚嘆，而所見的景物卻不同。蘇東坡說得好：「作詩必此詩，定知非詩人。」謂做一首詩若一定是怎樣的解釋，那便不算是詩人做的詩。像這短短的四句詩，你能說它的意思，全展露在二十個字面上，一覽無遺嗎？

在《唐音癸籤》中載無名子以浩然春眠一絕為「盲子詩」，只是詼諧的說法罷了，胡元瑞曾說：「如孟浩然『春眠不覺曉』二十字，清新婉約，縱輕薄姍侮萬端，亦何害其美耶？」對這四句詩，推崇備至了。

送友人之京

君登青雲去，余望青山歸。雲山從此別，淚溼薜蘿衣。

欣賞

詩意說：你登上青雲而去，我望著青山而歸，青雲和青山從此分別了，使我的淚水沾濕了薜衣和蘿帶。送友人往京城去，所以青雲有著雙關的意義，比喻為當塗者所識拔，得以平步青雲。而薜衣蘿帶，也就雙關著在野者的服飾。友朋們一一陞遷得志，而自己失路欷歔，那種「當路誰相假，知音世所稀，祇應守寂寞，還掩故園扉」的幽怨，瀰漫楮端，劉辰翁評點孟浩然詩云：「甚不多語，神情悄然，比蘇州特怨甚！」已深切地揣摩出孟氏當時的心情。

這首詩在形式上是以「雙結法」構成，首句雲，次句山，三句合雲山，遂為結束，而升沉異勢、黯然神傷，道來自自然然，若不費經營，而事實上四句的布置是很嚴整的。

若就字面的意義說：你登上高山，沒入青雲而去，而我直望著青山出神，久久才歸去，想到雲山從此分離了，不覺淚珠已濕了衣襟。寫得很癡情，很真切。胡元瑞說過：「五言絕尚真切，質多勝文；七言絕尚高華，文多勝質。」我們讀唐人的五、七言絕句，知道不同的體製，的確具備不同的風神。

造意真切，質多勝文的詩句，自然便產生一種古樸的意味，顧華玉曾說：「五言絕以調古為上乘，以情真為得體，調古則韻高，情真則意遠。」胡元瑞說顧氏所標出的二點，是「五言絕第一義」，我們且舉孟氏這一首詩來作為顧氏的標準吧！

王維詩欣賞

王維的詩，詞秀調雅，自然而幽深。彷佛不須匠心的措置，但是字句不苟，十分凝鍊。這是經過絢爛而歸之於平淡；經過鍛鍊而求得的自在。《雲仙散錄》中記載王維在吟詩的時候，竟走進醋甕裡去，可見他詩中疏澹的韻味，一樣是經過了反覆的苦吟，才能創造出來。

王維字摩詰，開元九年登進士第。天寶末年，安祿山陷兩都，玄宗出幸，維不及扈從，為賊所獲，脅迫以偽職，維佯稱瘖疾，被囚於菩提寺。待亂平，原宥王維罪，後仕至尚書右丞，卒年六十一，其弟王縉輯集其詩文，總稱為《王右丞集》。王維中年亡妻後，不再續娶，晚年奉佛修心，常徜徉於竹洲花塢之間，胸中每多佳景，故發而為詩，雲峰石色，均成畫面。古人曾說：詩是有聲的畫，畫是無聲的詩。二者兼長的只有王維，王維的詩中有畫，畫中有詩，所畫所詠，特妙山水，筆意清潤，渾然天成。

王維在詩的方面，幾乎各體俱長，宋代的劉辰翁稱渭城朝雨一篇為七言絕句中「古今第一」；《四友齋叢說》又推右丞之五言絕句為「絕唱」；《冊府元龜》又稱王維五言詩「獨步於當時」；《玉林詩話》又以摩詰六言絕句桃紅復含宿雨一首「最為警絕，後難繼者」；而高棅選《唐詩品彙》，謂五律七律五排五絕，當以王維為「正宗」；清代的詩學大家王漁洋，編選《唐賢三昧集》，更首列王維，可見推崇之高。本文以渭城朝雨等詩，誦於人口，不煩舉述，因此只選幾首比較少見的詩來欣賞：

春日與裴迪過新昌里訪呂逸人不遇

桃源四面絕風塵，柳市南頭訪隱淪。到門不敢題凡鳥，看竹何須問主人。
城外青山如屋裡，東家流水入西鄰。閉戶著書多歲月，種松皆老作龍鱗。

欣賞

全詩辭氣非常清澈，沒有一絲堆垛零碎的感覺，藻采也疏淡不濃，所描摹的青山流水，恬適自在，像一張淡彩的畫，教人讀來極感幽適，這種氣氛，正和「訪逸人」的詩題相調和。

詩中用了二個風流雅士的典故：「到門不敢題凡鳥」，是用呂安訪嵇康的故事。呂安和嵇康相善，每感相思，便不遠千里去拜訪，有一次嵇康不在家，嵇喜出門來迎候，呂安不願進去，而在門上留下一個「鳳」字，嵇喜不明白「鳳」

字的含意，以為呂安很高興才寫這鳳字，原來是嫌喜太俗氣，笑他是「凡鳥」。

「看竹何須問主人」，是用王子猷看竹的故事。王子猷最愛竹，有一次經過吳中，看見一位士大夫院子裡有秀雅的竹，主人知道他要來賞竹，便坐在客廳裡等待，但是王子猷一到，沒有先拜望主人，便直接走到竹林裡去了，諷嘯良久，主人很覺失望，但還希望他在賞完竹子以後，會見一見面，但是子猷賞完了竹子，就想馬上離去，這時主人耐不住了，把門關起來，不讓他出去。這樣才把子猷留住，盡歡而散。這二個典故用在這首詩裡，只是借用典故中某一部分相關聯的意思，此處只取它「相訪不遇」和「不曾事先通知」的部分，與原文中「簡傲」的含意無涉，這種綴合二事來活用的典故，古人稱之為「活典」。宋吳聿在《觀林詩話》中說：「余甚愛其用事，然觀其意，乃太不重其人。」這是忘了活典只要取其中某一部分的含意，不應該解作王維有輕視呂逸人的意思。

新昌里在長安朱雀街附近，在長安東市的南邊，風景幽雅，所以借「桃源」、「柳市」來比喻。這詩開頭二句就對仗，由於對得輕妙而不費力，倒並不覺得突兀。上句是純寫景物，下句則寫人事。大凡律詩的第二句便必須入題，才不覺得弛散，所以第二句借「柳市」來點明地點，隨即用「訪」字來入題。先寫出了新昌里，然後題目中過訪二字才有根依，前人把這種訣巧叫做定題法。

有了這個「訪」字，作為對下面的開端，於是三四兩句緊接著寫「訪」，因為訪而不遇，便借用「題凡鳥」的故實，把呂逸人比作嵇康，嵇康不在，便沒有值得談天的人了。這樣直用的話，未免太不得體，於是又用「不敢」二字，把這種傲慢的神態否定。這典故是偏重在寫「過訪不遇」，同時也說明了與呂逸人的情誼。又借用「看竹」的故實，寫潔人雅懷，自能體諒「興到即往、興盡即返」的心境，何必事先邀約，這仍是針對著過訪不遇而說的。這兩個典故，一個反面用，一個正面用，使正反相映，別有靈趣。

三四兩句雖都在寫「過訪不遇」，和起首兩句，仍是密切啣接的，因為「隱淪」是神人的一種，所以訪客如何敢題凡鳥?雅人所住的「桃源」，風光畢竟不同凡俗，所以才聯得上「看竹」的韻事。既不敢題凡鳥，反而在那兒賞優雅的篁竹，兩個意思聯起來，便是說：那兒的風景是這麼美好，可惜主人不在。這種造訪不遇的惆悵，繞了幾個圈子，才曲曲傳出，這是用典的好處。用典能引讀者深入地去體味，一經會心，便使原本有限的文字，平添了無窮的含蘊。

前面四句所寫的是「訪而不遇」的「人事」，五六兩句便寫「風景」，切合題目寫春景。七八兩句專寫主人，切合題目寫逸人。前四句辭氣徐緩，後四句氣勢轉盛，結句更是聲若洪鐘，音節嘹亮。

「城外青山如屋裡」，是寫遠景，是寫靜態的美，是寫色彩的美。使青山的色彩非常突出，在人們的視覺上浮現時，像直逼到屋子裡來一樣！「東家流水入西鄰」，是寫近景，是寫動態的美，是寫音響的美。這樣，城裡和野外相襯映；東家與西鄰相聯帶，設色取景，遠近相稱；青山流水，動靜自然。摩詰因深識畫中三昧，胸中煙雲浩闊，故寫尋常的景物，也能於淡逸悠遠之中見奇趣。

收結的二句，又新起一箇意思，寫逸人平日閉門潛思，致力於著述，不知老之將至，而所種的松樹，已蒼老雄勁，榦上的斑文都像龍鱗一般。不正面說著書的人冉冉將老，側寫所種的松樹已經根瘦柯老，樹都如此，人便可以想像了。

這首詩唯一的美中不足，是不曾把「與裴迪」同訪的意思寫進去，我們不能從詩中看出是二個人同去拜訪呂逸人，王維向來以「敘題細密不漏」見稱（見《昭昧詹言》卷十六），這兒不能不說是一個缺憾。

送丘為落第歸江東

憐君不得意，況復柳條春。為客黃金盡，還家白髮新。
五湖三畝宅，萬里一歸人。知禰不能薦，羞稱獻納臣。

欣賞

「憐」字是全詩的主幹，主幹既於篇首揭明，然後分布枝葉，句句顧定

「憐」字，一線到底。第二句就目前的景物寫「憐」，三四句就垂老飄泊的苦況寫「憐」，五六句就歸鄉以後的清貧寫「憐」，七八句深惜丘為的懷才不遇，看來像是有所自責，但仍在寫「憐」。

「憐君不得意，況復柳條春」，這二句看起來好像並不聯貫，但是這種「若即若離」的句法，反使句意增加了一種曲折的美。意思說：我同情你是這般的不得意，何況在這柳條青青的春天。春天是景色明媚、萬物向榮的時節，而你卻落第而歸，柳條青青，反而勮愁供恨，催人離別，離情已自依依，何況又是送失意的人返鄉呢！以這種黯然神傷的顏色，來對比明媚的春光，使失意者的容貌益發黯淡堪憐了。

「為客黃金盡」，是暗用蘇秦說秦王的典故，叫做暗典。借以比喻科場失意，以致裘敝貲盡。

「還家白髮新」，寫久客他鄉，垂老無成，這「白髮」二字便包涵著一切失意的遭遇。

「為客黃金盡，還家白髮新」，不僅兩句相對，而又上下連貫，成為一意，這種對仗法，叫做「流水對」。下面「五湖三畝宅，萬里一歸人」，不僅上下相對，而五湖自對三宅，萬里自對一人，又近乎「句中對」。而且十個字中，用了四個數字，卻沒有層床疊架的感覺，所以很出奇。我們看《對牀夜語》所載的詩句：「萬里八九月，一身西北風。」又柳子厚詩：「一十年前南渡客，四千里外北歸人。」都是疊用數目字而成功的奇句，然而王維五湖二句，神韻特別自然。

用五湖煙波的浩闊，來反襯三畝田宅的渺小，但一個垂老的游子，歸去以後，對這三畝田地，也未必耕種得了。又用萬里的遼遠，來反襯一個歸客的孤零，何況是一個科場失意的落第者，行路悠悠，誰來慰藉呢？這二句詩，把心情寫得十分沉重。

「知禰不能薦，羞稱獻納臣。」是反用孔融薦禰衡的典故，孔融深愛禰衡的才華，曾上書推薦，而我雖了解你的才華，反不能薦舉你，深深地慚愧自己是一個身負保薦責任的獻納使呢！因為前面三句已把丘為的情事寫足，結尾用自咎的方法，反映出丘為是一個懷才不遇的人，與首句「憐君」二字照應，成為一首首尾環合的詩。

送賀遂員外外甥

南國有歸舟，荊門泝上流。蒼茫葭菼外，雲水共昭丘。檣帶城烏去，江連暮雨愁。猿聲不可聽，莫待楚山秋。

欣賞

全詩都是描摹舟行所見，寫舟行風致絕佳。首句提出「歸舟」，從江南歸去，溯流而上，回到荊州去，從舟中看到蘆葦之外，沉沉的暮色、低垂的雲、滔滔的水、與楚昭王的墓丘，化成一片蒼茫。又看到帆檣之上，有城烏隨著，那廣闊的大江與暮雨相連和，使旅人愁意重重，峽裡猿的啼聲，教人不忍細聽，還是早些回去吧，別等到秋天，楚山上的猿聲更使人愁絕呀！

結尾二句的意思，本很平淡，早被詩人寫成陳熟的題材了。如庾信詩：「客行明月峽，猿聲不可聞。」孟浩然詩：「清猿不可聽，沿月下湘流。」皇甫冉詩：「清猿不可聽，偏在九秋中。」……可是這些句子都是用「實景實寫」的方法，而王維的「猿聲不可聽，莫待楚山秋」是用「實景虛寫」的方法，這時楚山還沒有到秋天，只用想像來表出，似乎格外靈活。

我們再看全詩的大意，幾乎全從旅景上著筆，第六句才點出一個「愁」字，來寫旅人的憂鬱，七八兩句以「猿聲」將旅愁加以強化。但是並沒有說出送行者的悲傷，和前面所舉送丘為落第歸江東詩大大的不同。原來詩情的深淺輕重，必須切合雙方的身分，題既是送賀遂員外的外甥，不寫被送行者的名字，可見作者和這位旅人並沒有深厚的情誼，不能像送丘為那樣，把主客之情寫得鄭重深摯，因此，只能淡淡地就旅況點染，才能感到雅正大方，恰到好處。

這首詩有一個別致的布局，凡出句都就近物寫，且寫一個小的事物；收句都就遠景寫，且寫一幅壯闊的景色。如一句寫「歸舟」，收句「荊門泝上流」寫迢迢千里；三句寫「葭菼」，收句「雲水共昭丘」寫茫茫一片；五句寫「檣烏」，收句「江連暮雨愁」寫淼淼不絕；七句寫「猿聲」，收句「莫待楚山秋」寫蕭蕭無邊。這種一小一大相對待，一近一遠相布置的構思，完全是畫面的示現。既寫葭菼檣烏，又寫雲水江丘，極容易犯瑣細散落及洪纖不稱的毛病，但全詩仍極完整，這是靠神氣完足的緣故。不然，八句全部寫景，極難有蘊藉不盡的韻味了。

山居即事

寂寞掩柴扉，蒼茫對落暉。鶴巢松樹徧，人訪蓽門稀。

嫩竹含新粉，紅蓮落故衣。渡頭燈火起，處處採菱歸。

欣賞

八句都寫景的詩，在王維的詩集中很多。這種詩要把感情融化在景物裡，讓感情不迫不露，而韻味仍十分淳厚，實在比逕寫快樂要難，比逕寫悲傷更難。

這首詩完全以「語淺味深」取勝，它不求有什麼警句叫人嘆賞，所以這種詩是不宜摘句來激賞，不宜以鍊字的巧妙去評價，只是希望以通首樸茂濃郁的「自然」韻味，來勾畫澹泊幽適的神境。讓人不覺得它在刻意求工，只覺得他是隨意揮寫，而幽適之意、自在之情，在在皆是，才是它超妙的地方。紀曉嵐曾說這一類的詩，並不是不求工巧，而是經過既雕既琢的階段後，再還到樸質來，使斧鑿之痕，化而無跡。學詩的人，必須把這種境界作為更進一層的目標，而不能作為初學的門徑。紀氏的話，也可以幫助我們體味這一類詩的趣味。

全詩寫感情的地方，只有「寂寞」二字，然而這二個字卻隱藏在下面每一句的背後。掩起了柴扉，對著蒼茫的落暉，固然寂寞；鶴在松樹上築遍了巢，卻沒人到柴門來叩訪，還是見不到人，還是寂寞。嫩竹籜上含著新粉，紅蓮落下那將謝的花瓣，仍是見不到人，仍是寂寞。這時黃昏的燈火在遠方的渡頭處亮起來，採菱者唱著歌紛紛回來了。遠方雖然有人，卻益發寂寞。幽適的人，掩起了柴扉，當然是耐慣寂寞的了。

詩中雖沒有點明季節，但嫩竹紅蓮，已把夏日點出，而「渡頭燈火起，處處採菱歸」更把水鄉山居的夏夜風景，畫得何等淒迷可愛！我國的詩詞中，傷春悲秋的詩最多，冬日的詩較少，而夏日的詩更少，也許是夏景最難描畫吧？

若是一定要批評本詩的缺點，那麼正如王夫之在《唐詩評選》中說的：「落字重用」（見卷三），在短短的四十個字裡，除非特殊的需要，一般人是會注意避免字面重出的。

雜詩（三首錄一）

已見寒梅發，復聞啼鳥聲。愁心視春草，畏向玉階生。

欣賞

四句都從「怕春」的主題說，說：已經看到寒梅新發了，又聽到春鳥的啼聲，這時的愁心視同春草一般，在階前亂生。到末句點明「畏」字，才知道寫的是怕春，怕見寒梅新放，還可以躲避著不看，但是啼鳥的聲音，卻讓你躲避不掉，不僅躲不開春鳥的啼唱，而階前的春草，由於主人的深閉房中，故友的久不過訪，竟一日一日地侵犯到階上來了！

春草就如同我的愁心：春草日長，愁心也日長；春草觸目皆是、無處不生，愁心也觸目皆是、無處不生；春草生得很亂，愈遠愈生，愁心也生得很亂，愈遠愈生；春草毫不知趣，讓你躲也躲不開，你就是深閉著庭院，它也會闖上你的玉階來！愁心也正是那樣！春草真是可怕，然而可怕的畢竟不是春草，而是愁心！

那末主人所愁的究竟是什麼事呢？當然是「怕春」！卻不必點出。為什麼「怕春」？更沒有說明的必要！只要這樣的短句，一吟一詠，下文不須再附贅語，自有悠揚不盡的意味。《峴傭說詩》中評「輞川諸五絕，清幽絕俗」，由本詩看來，一點兒也不誇張。

與崔興宗寫真詠

畫君年少時，如今君已老。今時新識人，知君舊時好。

欣賞

這首詩的題目，是參照《唐詩紀事》改定的。一開頭用「畫君」二字，把題目的意思寫出，下面不再提到畫，因為畫是自己作的，若從畫的方面說，說畫好畫壞，都不合身分，所以只就主人今昔不同的一點上生出感慨。

「畫君年少時，如今君已老」二句，是說我所畫的是你年輕的時候，現在你卻已經老了，是由所畫的昔時，談到今日；「今時新識人，知君舊時好」二句，是說讓你現在新識的朋友，由於這幀寫真，便能知道你年輕時的美好，是由今日追溯到往日。四句是一往一復，迴環生趣的。

四句中一絲不露感嘆，然而撫今追昔，只能讓新識的朋友，空望寫真，去想像年輕時英俊的神態，就有許多感慨了。就追溯往事的方面，中間含蓄著：

「少年可愛、流光堪惜、而往事最堪回味」的意思；就感慨今日的方面，中間又含蓄著：「時日容易蹉跎、老境衰颯、而往事空存記省而已」的意思，這些感觸，不曾見於筆墨，只在空際蕩漾，惲壽平論畫說：「今人用心，在有筆墨處，古人用心，在無筆墨處。」畫理詩理，常是相通的，像這首詩，便是意在句外的例子。

這首詩還有一個特色，是「重出」的字特別多，「重出」本來是文家所忌諱的，但有時故意重出，卻變成修辭的一種方法。如本詩一、三、四各句中都重出「時」字，第二句雖沒有「時」字，「時」的意思還是存在的。又一、二、四各句中都重出「君」字，第三句雖沒有「君」字，而「君」字卻是暗藏的。但我們讀這首詩，並不曾因為這些重出的字而感到刺目，這是由於文情適會，不覺得同字犯重了。

李白詩欣賞

李白的詩，情趣超曠，落筆天縱。章法承接，變化無端。前人把它比作天上的雲霞，卷舒無定；江上的波浪，無風自湧。

李白字太白，自號青蓮居士，其先世避居西域，故為隴西人，唐武后時，始還巴蜀，後又寓居山東，故亦稱山東人。李白年少時散金如土，壯年後遊歷各地，飲酒結客，形成其豪邁飄逸的性格。四十二歲時，玄宗下召徵至長安，命供翰林，專掌密令，顯赫一時，但仍醉酒嘯歌無忌，時人稱之為天上謫仙人。三年後賜金放歸，漫遊十載，酬唱更多，後因坐永王之亂，流放夜郎，不久即赦還，卒年六十二。

正因為李白的風格是屬於雄闊奇肆的一型，所以古詩的體裁，比較容易馳騁他的天才，在他的集子裡，古詩最多，五律尚有七十餘首，七律只有十首。五律之中，工整的很少，常寓古體單行之氣於偶儷之中，只注重鍊意和鍊氣，不重視鍊詞和鍊字，他是不屑束縛於格律對偶與雕繪之中的。

杜甫曾品評李白的詩說：「白也詩無敵，飄然思不群，清新庾開府，俊逸鮑參軍。」正告訴我們：欣賞李白的詩，應該從俊逸高暢的氣勢上去認識才對。本文限於以往的體例，下面仍選幾首近體詩來品賞：

太原早秋

歲落眾芳歇，時當大火流。霜威出塞早，雲色渡河秋。
夢遶邊城月，心飛故國樓。思歸若汾水，無日不悠悠。

欣賞

前半四句寫景，後半四句抒情。全詩格調雄邁悲壯，而詞采也古雅華美，是一首采澤與氣骨兼備的詩。前人形容有采澤而無氣骨，像雉鳥卻不能高飛；有氣骨而無采澤，像鷹隼但無以備色；必須二者兼備，然後才能像鳳凰的凌霄高翔。李白的詩，無疑是詩中的鳳凰。

「歲落眾芳歇，時當大火流」是寫時節；「霜威出塞早，雲色渡河秋」是寫景色。在這搖落的歲月，眾芳已謝，這時正是心星（大火）西流的七月，因為時節點明是七月，所以說稜稜的霜威，在塞外降臨得特別早，這時雲色渡河，秋情萬里，沒待這秋字點出，滿眼早呈現一片蕭索的景象了！

因為有了「出塞」二字，所以引出了「夢遶邊城月，心飛故國樓」，因為有了「秋」字，所以能安排「月」字。既是夢遶邊城、心飛故國，所以聯帶出思歸之情。歸思像汾水一樣，沒有一天不是悠悠地流著。這樣八句的結構，相互連接，可說是一氣呵成。汾水二字，點出題目裡的「太原」，於是「太原早秋」四字，字字都有了根依。

「夢遶邊城月，心飛故國樓」，一就邊塞說，一就故國說，不能算犯「合掌」的毛病。而「霜威出塞早，雲色渡河秋」二句，生氣凜然，健舉之極。唐汝詢說這種對句是沒有蹊徑可學的，但是我們看杜審言的「雲霞出海曙，梅柳渡江春」，句法理致，大致相類，一詠秋景，一詠春色，正似白璧成雙。

這首詩最大的特色，是動詞位置的變化：首二兩句，「歇」字、「流」字在第五字；三四兩句，「出」字、「渡」字在第三字；五六兩句，「遶」字、「飛」字在第二字；第七句把「思」字置於第一字，結尾那句的動詞「流」字，卻被省略了，動詞位置都調換不同。

隨著動詞位置的變換，各聯字詞單複的配置也起了變化：首二兩句，上二下三，分析起來，五字是「單單複單」；頷聯雖也是上二下三，分析起來，五字卻是「複複單」；腹聯分析起來雖也是「單單複單」，但它是上一下四；結句是上二下二，分析起來是「複單複」，單複的配置參伍變化，誦讀起來，便磊落如珠了。

訪戴天山道士不遇

犬吠水聲中，桃花帶雨濃。樹深時見鹿，溪午不聞鐘。
野竹分青靄，飛泉挂碧峰。無人知所去，愁倚兩三松。

欣賞

李白曾在戴天山的大明寺中讀過書，一說李白隱居於戴天大匡山。這詩是訪那山上的道士不遇而作的。

「犬吠水聲中」，起首就十分別致，寫犬吠的聲音，隨同潺潺的水聲傳過來，水聲響亮，是由於春雨剛過，所以引出了「桃花帶雨濃」句。有了桃花就有樹，於是引出了「樹深時見鹿」句，有了水聲就有溪，更引出了「溪午不聞鐘」句，四句寫深山幽麗之景，設色極鮮豔，不必點明節候，已是一幅彩色繽紛的春景了。

全詩在用字方面，毫不忌諱字意的重疊：在音響方面寫的有犬聲、水聲、鐘聲、泉聲；在色彩方面寫的有紅桃、綠樹、碧峰、青靄，更有還沒著色的翠竹、蒼松、銀泉。數一數植物有桃、竹、松和其他的樹；數一數動物有犬、鹿、人；單寫水的便有水、雨、泉，在短短的八句之中，用了這樣的濃筆，讀來卻不感到繁縟排疊，反覺得景中有情，這是由於李白有超逸的才思，過人的筆力，李白不避重複的詩很多，如〈峨眉山月歌〉：「峨眉山月半輪秋，影入平羌江水流，夜發清溪向三峽，思君不見下渝州。」四句裡面，竟用了峨眉山、平羌江、清溪、三峽、渝州等五個地名，除了李白，誰能這樣造句？所以王世貞說：

「此是太白佳境，使後人為之，不勝痕跡矣！益見此老鑪錘之妙！」

在布局方面，前六句只是寫景，好像不曾關涉題旨，到第七句才說「無人知所去」，把造訪不遇的意思輕輕一點，這樣只須一筆牽合，便使通首皆活，是何等奇妙的抒思！王夫之評本詩道：「全不添入情事，只拈死不遇二字，作愈死愈活」（見《唐詩評選》）。正是讚賞他手法的奇特。

在六句寫景之中，似乎是一句有所聞，一句有所見，「犬吠水聲」寫聞；「桃花帶雨」寫見；「樹深見鹿」寫見；「溪午聞鐘」寫聞；「野竹分青靄，飛泉挂碧峰」，仍是所見所聞。這六句寫見聞，又用濃筆，格調卻仍很高逸，是不容易的。所以紀曉嵐歎服地說：「麗語難於超妙，太白故是仙才！」

結句「無人知所去，愁倚兩三松」，說：沒有人知道道士去了那裡，我只好愁倚著松樹，一會倚著這邊的松樹等待；一會倚著那邊的松樹悵望，這種過訪不遇時的徘徊惆悵之情，被「愁倚兩三松」五字寫得十分真切動人了！

待結尾點明造訪不遇，才使人猛悟「溪午不聞鐘」一句，說中午在溪上聽不到寺院的鐘聲，已布下了道士不在的伏筆，再細看六句寫的景，原來道士不在，只好就深山的奇景方面描寫，不然，還寫些什麼呢？麗景如此，杳無人蹤，失望之情都從景物裡湧生出來了！

送友人入蜀

見說蠶叢路，崎嶇不易行。山從人面起，雲傍馬頭生。
芳樹籠秦棧，春流遶蜀城，升沉應已定，不必問君平。

欣賞

蠶叢是古蜀王的名字，蠶叢路是指蜀地。以見說蜀路崎嶇難行為開端，由崎嶇二字，引出了「山從人面起，雲傍馬頭生」二句，奇險之景，宛如目前，這四句都是從「見說」方面寫的。

李白的詩，開端以「開門見山」的方法居多，也許是和他的性格有關。一般人寫「送友人入蜀」的題目，或先點明季節，或敘離情的哀怨，總要在起首處浪費一些筆墨，構成間架，但李白用「見說蠶叢路」開始，節省了多少閒字賸句！

「山從人面起，雲傍馬頭生」，說山石從人面前陡然而起，雲霧傍著馬頭噴薄而生，只寫絕壁千尋，噴雲生霧，並不是什麼艱深曲折的描畫，而奇險的山景已經勾出。這二句詩，除了構想崛奇外，把「人」字「馬」字安置在每句的第三字，也助長了文句矯健的意味。前人把五言詩句中的第三字，七言詩句中的第五字，叫做「詩眼」，並說：「眼用實字方健」，所謂實字，便是現代所謂名詞代名詞，如李白的「猿嘯風中斷，漁歌月裡聞」、「雲從石上起，客到花間迷」、「古殿吳花草，深宮晉綺羅」、「寒雪梅中盡，春風柳上歸」……都是詩眼用實字的佳句。我們再看杜甫寫「暗飛螢自照」，陳無己寫作「飛螢原失照」，把螢字置在第二字，便軟弱無力。又如杜甫寫「昨夜月同行」，陳無己寫「勤勤有月與同歸」，王世貞譏笑他「點金成鐵」，如果把「月」字仍置於「詩眼」，作「勤勤有客月同歸」或許要矯健一些。

前四句既就「見說」方面寫山勢的崢嶸、蜀道的險巇，下四句便轉開去，從已經「入蜀」的方面寫，寫春日的蜀景，也有可愛的一面。那棧道旁有芳樹籠罩著，蜀城邊有春流環遶著，蜀地的春景，也還不錯吧！既是情非得已，步向畏途，人生的遇合升沉，應該是有定分的吧？希望你隨遇而安，不必再去向賣卜的隱士求問吉凶了！下四句看來像是勸慰，其實還是在替友人抱不平，滿腹的牢騷，卻抑遏不露，因此紀曉嵐在《瀛奎律髓》的批語中，說這是首「一片神骨而鋒芒不露」的詩。

李白嚴守規律的詩不多，然而這首詩卻十分整齊，王有宗說它可以作為五律的「正宗」，因為它在構思和布局方面，極合律詩的機杼。李夢陽曾說詩家的微恉是：「疊景者意必二，闊大者半必細。」是說疊寫景物，必須所指非一物，不能重複，不然就「合掌」。而要描寫闊大的景色，必須用細小的來作陪襯。像「山從人面起，雲傍馬頭生」是寫羊腸鳥道的狹窄；而「芳樹籠秦棧，春流遶蜀城」是寫山川谿谷的遼闊。就各句而言，山與人面、雲與馬頭、芳樹與秦棧、春流與蜀城，無不大小對比。且兩聯雖疊寫景物，所指非一，並不重複，和李夢陽的要求是符合的。

頷聯既寫近景、寫心驚；腹聯則寫遠景、寫心喜，這樣一近一遠，一驚一樂，分作兩邊寫，而在奇險的天梯石棧之後，忽然展出一幅穠豔的春野景色，怎不教人心曠神怡？到了結尾，用「升沉應已定，不必問君平」來歸結於人事，才切合送友人的題目。而「君平」是高士嚴遵的字，他是蜀地人，用蜀人的典故來作結尾，對於〈送友人入蜀〉的題目，配合得恰到妙處。

嘲王歷陽不肯飲酒

地白風色寒，雪花大如手。笑殺陶淵明，不飲盃中酒。

浪撫一張琴，虛栽五株柳。空負頭上巾，吾於爾何有！

欣賞

王荊公曾說：李白的詩，在豪放飄逸方面，無人能及，但是他的風格也只限於這方面，不知道變化。於是他編四家詩，把杜甫排在第一，把李白排在第四。荊公的話雖然很有見地，但是我們詳細地去分析李白的詩，會發現他的面目也是很多的。

李白的詩，大致有壯麗雄激的一面，如「邊月隨弓影，胡霜拂劍花」；有設色鮮豔的一面，如「柳色黃金嫩，梨花白雪香」；有細膩精鍊的一面，如「醉月頻中聖，迷花不事君」；有粗疏跌宕的一面，如「屈盤戲白馬，大笑上青山」。在這裡我舉了他四首五言的律詩，也正好說明他四種不同的風格。

「地白風色寒」，風沒有色，色不能寒，但寫成「風寒地色白」便成凡庸之筆。「雪花大如手」，看來尋常，但把雪花的大小，用手來比，卻比得十分新穎，這種創新的手法，使起勢異常不凡。

下面六句，竟全用陶淵明一人的典故，平鋪直下，這樣很容易犯淺率流走的毛病，但是李白並不在乎這些，更用淺近的俗語來寫，說不肯飲盃中的酒，會笑死了陶淵明，陶淵明有一張無絃琴，每逢飲酒時，就撫弄一番，還描寫過一個宅邊種五株柳樹的先生來自況，有一次，釀的酒熟了，他取下頭上的葛巾去漉酒，漉完了酒，又戴回頭上。陶淵明貧無所有，卻是這般嗜愛飲酒，你與我縱使也有琴、也有柳、頭上也有巾，若不肯飲酒，便一切都辜負，什麼也沒有了！這樣化典故為口語的型式，要使人髣髴一覽語盡而意味卻有餘，是很難的。沈德潛說過，把眼前景、口頭語，寫得有絃外之音，味外之味，令人神遠的，李白才辨得到！

從這首詩裡，除了可以看出李詩的妙處，不在苦思與雕琢，俗語民謠，常能點化成詩句之外，前人所詬病於李白的，如聲調不協、古律雜糅、對仗欠工、儷句合掌、詞意重複……等缺點，我們也可以從這兒得到一個概貌了！譬如第四句用了「不」字，下面又用「浪」字，又用「虛」字，又用「空」字，又用「何有」字，詞意都是相同的，常人那裡敢這樣呢？李陽冰在〈草堂集序〉中說他「似天仙之詞」，也許只好這樣解釋吧！

山中答俗人

問余何意棲碧山，笑而不答心自閑。桃花流水杳然去，別有天地非人間。

欣賞

《誠齋詩話》曾舉這首詩作為「李太白體」的代表。這詩的題目，明刻蕭楊合刊本作「山中問答」，題意不顯，姑蘇繆氏倣傳是樓所藏宋刊本重刻，作「山中答俗人」，繆氏本近古，今依其本改定。

山中遇到俗人，問我為什麼要棲隱在碧山裡，我只好笑而不答，心中卻閒適而自樂。「笑而不答」四字，雖出《蜀志》：當年別人問諸葛亮的志向，他抱著雙膝笑而不答。在這兒借來活用，是一個「活典」，不必與原意相同。

這首詩在格律上，完全不合近體詩，而是古風。在造意上，又是近乎「禪」的，但覺其妙本詮解頗難，李于鱗說：「太白五七言絕句，實唐三百年一人，蓋以不用意得之，即太白不自知，所至，而工者顧失焉。」不期而至，信口而成，彷彿「無意於工，而無不工者」，這也許就是繆詩富有「禪味」的原因吧？

四句描繪出靜寂中的樂趣，有一種超凡的思想。「桃花流水杳然去，別有天地非人間」，又寫碧山，又寫心中閒適的境界，這心中之境與外界之境相合，抹去了人物間的隔閡，在寂靜之中，洞見天地大化的流轉，所以分外閒適。凡俗的人只看到桃花流水，隨花開而喜，水逝而悲，那裡能夢想「桃花流水」去後的世界！那世界寂然不動，無增無減，無悲無喜，無法與俗人共享。

然而這二句所作的暗喻，並不能讓人用文字作肯定的詮釋，凡是一首教人見仁見智、可供多方面玩賞而領受各各不同的詩，每每是一首傑作！王弇州說太白的七言絕句，「俱是神品」，這可算是一首代表作。

憶東山　（二首錄一）

不向東山久，薔薇幾度花。白雲還自散，明月落誰家。

因為不到東山去很久了，所以不知道薔薇已開過幾度的花！白雲一定還是自合自散，可是現在的明月照落到誰家去了？

全詩只是在寫憶，第三句用肯定句寫，第四句用疑問句寫，天上的白雲，地上的月光，年年依舊，而人事變幻，今昔不同，全詩只須詠景物，用不著提及人事，其間自有許多感慨。

這詩還有一個特色，就是「薔薇」、「白雲」、「明月」三個詞，都是一詞兼攝二意的「雙關語」。東山是晉代謝安所居的地方，山頂有「白雲」、「明月」二堂，山下有「薔薇洞」，相傳是謝太傅攜妓游宴之所（見施宿《會稽志》）。我們看〈憶東山〉的第二首：「我今攜謝妓，長嘯絕人群，欲報東山客，開關掃白雲！」白雲二字也是雙關語，可知前面確是用謝公故址來作雙關的，由此益發令人讚歎李白心裁的巧妙了！

高適詩欣賞

高適的詩，氣骨遒上，神韻贍逸。讀來一氣舒卷，復極高華朗曜。評詩諸家，都稱許他為盛唐的「正聲」。

高適，字達夫，一字仲武，少年落魄，不事生業，後舉有道，四十八歲時哥舒翰表為左驍衛兵曹參軍，掌書記。五十歲擢為諫議大夫。蜀亂，出為蜀彭二州刺史，復遷西川節度使，還為左散騎常侍，故後人稱他為高常侍，卒年五十九。

從他的經歷看來，高適是一個智勇兼備的文武全才，加以遭時多難，以功名自許，其意氣踔厲慷慨，自非一般文士所能比擬。殷璠說：「高常侍性拓落不拘小節，其詩多胸臆語，兼有風骨，故朝野通賞其文。」徐獻忠也說：「常侍詩氣骨琅然，詞鋒峻上，感賞之情，殆出常表。」這種琅然的氣骨，與天賦俱來，《新唐書》、《舊唐書》上都說他五十歲才開始留意作詩，一學便工，而以氣質自高。這話雖不能相信（據阮廷瑜《高適年譜》的考證，那首為胡震亨所盛讚的〈信安王幕府詩〉，卻是作於二十六歲，三十以後，篇什漸多。）但這種自高的「氣質」，與他浩然壯闊的胸次，當然有密切的關聯。

下面仍選幾首近體詩，便於分析欣賞。黃子雲在《野鴻詩的》中，曾強調說：「詩是可註而不可解」的，以為「詩有禪理，不可道破」，我們暫且不去聽他吧！

夜別韋司士

高館張燈酒復清，夜鐘殘月雁歸聲。只言啼鳥堪求侶，無那春風欲送行。

黃河曲裡沙為岸，白馬津邊柳向城。莫怨他鄉暫離別，知君到處有逢迎。

欣賞

全詩大意說：在高樓上，張著燈火，來飲餞別的酒，酒是那麼的清澈。這時曉鐘初動，夜色將闌，天上一輪殘月，已伴我們坐了一整夜，天末又傳來了歸雁的鳴聲，挑動了客愁，更撥動了別情。人們常說鳥兒嚶嚶地鳴，是能夠懂得迫切地求牠的伴侶，現在春雁聲聲，向北飛去，春雁還懂得雙雙結伴而行，我們難道不懂得麼？無奈是春風要送你前去，在無情的秋風裡送別固然傷心，但在這纏綿的春風裡送別，又如何忍心得下啊！

然而，你一路前行，那黃河是百里一小曲，千里一大曲，放眼望去，只見黃沙為岸，一片蕭索，十分寂寞。到了黎陽縣南，白馬城前，那渡頭處柳條紛紛，只恐離愁千縷正和柳條一樣，籠罩住城隅了！可是，希望你儘管敞開心境，不須怨艾異鄉暫時的分別，因為像你這樣有才華、有熱情、有人緣的人物，自然到處會遇到知心的朋友來迎接你的！

「高館張燈酒復清，夜鐘殘月雁歸聲」這起首二句，黃培芳曾評曰：「起手不平亦不生。」方東樹說：「起二句敘夜，為別字傳神。」姚薑塢也說：「常侍每工於發端。」我們細析這二句起句，的確不同尋常。第一是：這二句話裡，所寫的事物至少有六個，每句之中含三個意思，使文句轉折摺疊，十分凝鍊。《詩人玉屑》卷三曾錄楊誠齋論「一句有三意」說：「詩有一句七言而三意者，杜云：對食暫餐還不能。退之云：欲去未到先思回。」楊氏所舉的例子，一句三意，其中轉折摺疊的效果和本詩相似，但是本詩的三意，用的都是實字，上句「館」、「燈」、「酒」；下句「鐘」、「月」、「雁」，都是實物。這種「三疊句法」，疊用了「三物」，比疊用「三意」更加有勁健的力量。

第二是：所疊用的三物，各有它代表的意義。「高館」寫餞行作詩的地點，「張燈」點明了題目中的夜字，「酒復清」提出了餞行的酒，點出題目中的別字。「夜鐘」記下了送別的時刻，是天將拂曉；「殘月」記下了送行的日期，不是滿月的夜晚，或許是月末的五更天；「雁歸聲」記下了送行的季節，是春日雁兒北歸的季節。上句把題目點出，下句等於錄下了幾月幾日幾點鐘。難怪黃氏方氏姚氏對於高適詩的起句，這般欣賞。

「只言啼鳥堪求侶，無那春風欲送行。」是一聯靈活的流水對，啼鳥對春風，似對非對，反覺十分活潑。這一聯只說啼鳥求侶，只說春風送行，不必提出送行與被送行的人。「黃河曲裡沙為岸，白馬津邊柳向城。」卻又是一聯板滯的景物對，只說黃河邊的沙，只說白馬津的柳，也不提送行與被送行的人。

然而三四兩句，乃是從送行者說，五六兩句乃是從被送行者說。一從出發前這邊說，一從送別後那邊說。上聯從虛處著筆，純由設想去寫：啼鳥求侶、春風送行，純是主觀的擬人法，比喻法。下聯從實處著筆，純就景物來說：黃河邊的沙岸，白馬城的柳色，純是客觀的寫景法，烘托法。然上聯寫的是不忍分別，下聯寫的也是不堪別離啊！

就一首律詩的對聯而言，動靜相參，情景兼備，幾乎是不二的法門。黃培芳曾說：「三四貴流動，宜寫情；五六防塌陷，宜寫景，故是要訣」（見所評《唐賢三昧集》）。大概唐人寫律詩，這樣的布局法是很常見的。高詩這兒的四聯，正是一個標準的格式，而情味格調，又極濃郁高朗，所以黃氏又說本詩為「盛唐高調」。

收結處把送別的意思，用寬慰的語氣說出來，以為離別既是暫時的，而以你的才學品貌，到處都會有人賞識和仰慕的。高適的送別詩，在收結處總不願向悲傷的方面想，像〈送李少府貶峽中王少府貶長沙〉的結尾：「聖代即今多雨露，暫時分手莫躊躇！」又〈別董大〉詩：「莫愁前路無知己，天下誰人不識君！」又〈送田少府貶蒼梧〉詩：「江山到處堪乘興，楊柳青青那足悲！」又〈送柴司戶充劉卿判官之嶺外〉詩：「有才無不適，行矣莫徒勞！」又〈送韓九〉詩：「良時正可用，行矣莫徒然！」又〈宋中別李八〉詩：「行矣各勉旃，吾當挹餘烈。」都能把悲傷的離情，化成勉勵的力量。

不過，末句用來勸勉別人，這種寫法，容易落入熟套，像這首詩的末尾，吳闓生就譏諷地說：「收乃無聊之慰藉」（見所評《昭昧詹言》），略覺譏彈過分，而黃培芳說它「收亦儘熟，尚不至滑。」畢竟是出於高手的文筆，儘管寫熟用的意思，也不至流入滑易的調子。

本詩在《唐詩品彙》、《唐詩紀題》下都夾註「得城字」三字，而劉長卿的集子裡也有〈鄖上送韋司士歸上都舊業〉詩，想來是一同飲酒，分韻賦成的詩。應酬的詩，能傳世的不多，沈德潛評這首詩說：「此為應酬詩，因神韻使人不覺，知近體貴神韻也。」（見《唐詩別裁》）說本詩特具神韻，其實高適的詩，本以神韻見長，而成為盛唐的名家，胡震亨在《唐音癸籤》裡比較岑參高適二家的詩說：「岑詞勝意，句格壯麗而神韻未揚；高意勝詞，情致纏綿而筋骨不逮」（見卷十）。胡氏所評，是就岑高二家的古詩去比較的，可說大致允當，若就本詩及下一首七律而言，不能說它「筋骨不逮」啊！

送李少府貶峽中王少府貶長沙

嗟君此別意何如?駐馬銜杯問謫居。巫峽啼猿數行淚，衡陽歸雁幾封書。
青楓江上秋天遠，白帝城邊古木疏。聖代即今多雨露，暫時分手莫躊躇。

欣賞

詩意說：把馬兒停駐在一邊，我銜著送行的酒杯，向被貶謫的你們二位慰問：「唉！這一次分別，你們心裡的感觸是怎麼樣的呀?」李君要貶到峽中去，巫峽那邊哀猿的啼鳴，必會引動聽者幾行清淚。王君要貶到長沙去，衡陽回雁峰前的歸雁陣陣，能給我們帶回幾封信息呢?遙想長沙的青楓江上，秋空高遠；巴郡的白帝城邊，古木蕭疏！你們內心的感觸，不待回答，已可以想見的了！然而，應該記著：在這聖明的現代，君上的恩澤像廣敷的雨露一樣，相信不久便會召你們回來的，這次只是暫時的分手，不必躊躇不進呀！

「嗟君此別意何如？駐馬銜杯問謫居」，吳北江說它「起得丰神」。黃香石把這樣的起句叫做「喚起法」，並說：「須知不可滑易」。大概用喚起法，是容易有滑易的毛病，所以第二句「駐馬銜杯問謫居」，句分三層，寫三個意思，便防止了一順滑下的缺點。

章燮以為這二句餞別的句子，目的在「總起下一問字」，其實這起首二句，是用了倒裝的筆法，故覺丰神奕奕。二句的重點本在「問」字，但如把「問謫居」寫在上句，下句再問「此別意如何」，那不僅豪悍的筆力都消失，而丰神與情趣也就談不到了。

中間四句，由於題目是送兩人貶謫，所以分承這個雙扇的題目，兩兩分寫：巫峽句寫李君，衡陽句寫王君；青楓江句寫王君，白帝城句又寫李君。啼猿歸雁，含義都切著送別，而秋天高遠、古木蕭條，境況又和謫居者的心境相稱。方回說：「中四句指土俗所尚」，「土俗」二字，用得未必得當，但它就地取景，就景設色，信手拈來，十分貼切，這該是本詩成功的地方。喻守真說它「非但切地，並且切時切事，章法何等嚴密。」正指出了它的佳處。

這樣把四句兩兩地分承，格度很容易板滯，吳北江批評說：「分疏有色澤敷佐，便不枯寂。」說它雖是分別疏條，而所敷的色澤絕佳，所以不覺古板。吳氏的話雖不錯，但是中間四句，用了四個地名，句型又相類似，前人對此，每有非議，如沈德潛說：「連用四地名，究非律詩所宜。五六渾言之，斯善矣。」（見《唐詩別裁》）主張五六兩句，不必再分寫二人，可以渾合為說。紀曉嵐也以為「平列四地名，究為碍格。」而葉燮更說：「高岑五七律相似，遂為後人應酬活套作俑，如高七律一首中，疊用巫峽啼猿、衡陽歸雁、青楓江、白帝城……四語一意，後人行笈中，攜《廣輿記》一部，遂可吟詠九州，實高岑啟之也」（見原詩）。葉氏把高詩連用四地名，負上了開啟應酬活套的罪名，以為後代那些「家有類書，便成作者」的低手，都是從這兒學會了皮毛。前人的批評，過分苛刻了些，其實高適能把四句平列了四個地名，而看似寫景，又景中生情，讀來不覺累贅，何嘗不是作者高明的地方？又何必說它礙什麼格呢！

「聖代即今多雨露」，另開出一個寬慰的意思，同時勸勉二人。在律詩的第七句，大都別開新意，第八句才總合前首。所以第七句必須「提振得起」，黃香石也曾談到這一點，並舉老杜的「西蜀地形天下險」、「魚龍寂寞秋江冷」，都極揮斥沉頓，以為盛唐名家，決不輕易放過第七句。末句「暫時分手莫躊躇」，一絲不帶怨誹的意味，甚得詩人溫柔敦厚的旨趣。紀曉嵐說它「通體清老，結更和平不逼。」吳北江說它「意思沉著」，都認為結句是寫得很得體的。

高詩的結尾，總喜歡向好的一面去推想，前首已經提及，照傳統的塾師學究看來，這正是一個人「窮」、「達」的徵兆。事實上，在送李王二少府貶謫的時候，仍時時以「聖代多雨露」相勉，其樂觀積極的態度，才真正是一個人「窮」、「達」的關鍵。吳喬在《圍爐詩話》中引賀黃公的話說：「唐人稱有唐以來，詩人之達者，惟有高適。今觀其詩，豁達磊落，掃盡寒澀瑣媚之態。」這樣看來，詩文的風格，真能關係著詩人的命運，賈島的寒澀，高適的豁達，不正象徵著他們一生「窮」、「達」的命運麼？因為詩文的風格正和他們為人的態度息息相關呀！

使青夷軍入居庸（三首錄一）

匹馬行將夕，征途去轉難。不知邊地別，祇訝客衣單。
溪冷泉聲苦，山空木葉乾。莫言關塞極。雨雪尚漫漫。

欣賞

這首詩是作者奉使到河北嬀州城的青夷軍，一路上寫的詩。嬀州北方九十里有長城，東南五十里有居庸塞，青夷軍管兵萬人，馬三百匹。作者奉使前往，進入了天下奇險的邊塞。

說：孤獨地騎著一匹馬往嬀州去，行到了塞上，正逢夕陽西沉的時候，暮色慘淡，征途艱險，愈去愈覺得困難了。我不知道邊塞的地方有什麼特別的不同，只是在奇怪：為什麼穿著的衣服越來越覺得單薄了呢？塞上的溪水極冷，泉流的聲音，聽來很苦澀，一些也不活潑。山也是空荒的，落木蕭蕭，枝葉都乾枯了。唉，不要說這就是僻遠的關塞上最艱難的一程呀，向前去，更有漫漫無涯際的雨雪在紛飛呢！

這詩在構思上有一個特點，就是一開端說匹馬獨行，日暮路遠，在「征途愈去愈難」的下面，應該把征途難在那裡說將出來，但高適卻用「不知邊地別來故意懸疑，然後慢慢地道出寒風入衣的寒冷，再說溪泉苦寒，再說木葉枯槁，說到這兒，又說這邊疆絕塞，尚有雨雪漫漫哩！經過這三層解說，才把「征途去轉難」的緣故說出，使全詩的文字增加了曲折的趣味。

我們讀到這詩的末句：「雨雪尚漫漫」，就會感到一幅淒迷的雪景在眼前，浩浩無垠，給人一種味之不盡的蒼涼的感受。這是由於空間的無限，能造成詩文的餘韻。原來造成詩文餘韻的方法，大抵可分為三端：一是在收結處表現空間的無限，二是表現時間的無窮，三是表現餘情的不竭。關於餘情的不竭，在孟浩然詩的欣賞中已提過。下面要談的，是時空無限與餘韻盪漾的關係。

結句寫空間的無限，像高適的〈淇上送韋司倉往滑臺〉詩：「君去應回首，風波滿渡頭！」寫淇水風波的浩淼無垠，教讀者也置身在皺眉踟躕的黯淡行程前了！又〈別韋五〉詩：「莫恨征途遠，東看漳水流！」〈別劉大校書〉詩：「清風幾萬里，江上一歸人！」〈同李員外賀哥舒破九曲〉詩：「唯有關河眇，蒼茫空樹墩！」又〈宋中〉詩：「寂寞向秋草，悲風千里來！」〈塞上聽吹笛〉詩：「借問梅花何處落，風吹一夜滿關山！」〈送別〉詩：「攬衣出戶一相送，唯見歸雲縱復橫！」〈漁父歌〉：「料得孤舟無定止，日暮持竿何處歸！」所寫江上的日暮，煙波茫茫；塞上的悲風，秋雲重重，都是在詩句的結尾處畫出一個迷濛的空間，遼闊蒼茫，使讀者的想像也隨之馳騁千里，產生了咀吟無已的意味。

結尾表現時間的無窮，也有相同的效果，如高適的〈飛龍曲留上陳左相〉詩：「風塵與霄漢，瞻望日悠悠！」是藉貴賤的禮隔與時日的悠悠來搖蕩讀者的性靈的。又如〈金城北樓〉詩：「為問邊庭更何事？至今羌笛怨無窮！」是以時間的無窮，來襯托恨事的無窮。又如〈古大梁行〉詩：「年代淒涼不可問，往來唯見水東流！」更以時空的交感，使今昔之變、滄桑之恨，造成一股逼人的淒慼，而產生了裊裊的餘韻。

「不知邊地別，祇訝客衣單」，在三四一聯用流水對；「溪冷泉聲苦，山空木葉乾」，五六一聯，又都是十分工穩板重，上一首〈別韋司士〉是用這種手法，下一首〈別韋兵曹〉也是用這種手法，這樣的構思與設計，當然是有意的，其間一定也費了不少鍛鍊的工夫，黃子雲在《野鴻詩的》裡說高詩是「刻意煉句，又不傷大雅，可謂文質彬彬。」把高適讚許得很高了！然而就本詩的缺點而言，我總有些懷疑：為什麼這雨雪漫漫的塞上，飄落的木葉還是乾的呢？《四部叢刊》本中雨字作「雲」字，可能雲字正確些吧！王夫之曾批評高適，說他的近體詩，常「湊泊以合體式」，時有「情景分叛」的現象，這話是有依據的。

別韋兵曹

離別長千里，相逢數十年。此心應不變，他事已徒然。
惆悵春光裡，蹉跎柳色前。逢時當自取，看爾欲先鞭。

欣賞

這首詩是起句就用對仗的，說一經離別，又是千里之隔，再到相逢，常常已過了幾十年了！人生能有幾個數十年？闊別千里，各在天涯，想要互相關懷、互相勉勵，也是很難的。所以說：只希望這分心意永不會改變，其他的事情，怕也徒然的了！

又說：在春光明媚的季節裡送客，教人加倍的惆悵，因為柳色青青，牽人離懷，教人在柳色前，深深地感悟到時光錯失的悲哀！又是一年的春光，我們卻徘徊不前，沒有能把握住青春，去創造前程、去享受友情，在這分別的當兒，對著裊娜在春光裡的柳條，才恍然感悟！從現在起，要把握住良機，這正是可以進取的年代，應當善自爭取，讓我看到你及早揮動長鞭，率先奔馳在前面！

「此心應不變，他事已徒然。」對得極自然，而感喟良多，是一聯靈活的流水對。「惆悵春光裡，蹉跎柳色前。」這一聯則板重而近於合掌。「合掌」是指上下二句意思雷同，如人的兩手，雖分左右，而同具五指。在唐代以前，有不少對句，上下文出於一意，如劉琨詩：「宣尼悲獲麟，西狩泣孔丘。」謝惠連詩：「雖好相如達，不同長卿慢。」宣尼即是孔丘，相如即字長卿，句意便嫌重複。《詩人玉屑》卷三，有「兩句不可一意」條，引《蔡寬夫詩話》云：「晉宋間詩人造語雖秀拔，然大抵上下句多出一意：如『魚戲新荷動，鳥散餘花落』、『蟬噪林逾靜，鳥鳴山更幽』之類，非不工矣，終不免此病。」可見唐代以前，對仗不甚講究，然而唐代以來，詩人已注意到合掌的避免，務求「句相屬而意不重」，才算偶句的正格。這「惆悵」一聯，幸好春光句寫的是時間，柳色句寫的是景物，若不是時空有別，句意便嫌複疊了。

這詩的前四句，情致黯然。高適另有一首〈逢謝偃〉詩，一共四句：「紅顏愴為別，白髮始相逢，唯餘昔時慮，無復舊時容。」寫別後相逢，已過了數十年，只有當時的心意還長久地保存著，而當年的容貌，已全然不在了！和本詩的起首四句有些類似，因此本詩的前四句，也是一首很好的五言絕句，不過若就此結束，便嫌消沉，必待末句「逢時當自取，看爾欲先鞭」來振起，才合送別的體製，這種筆意，是高氏所屢用的，如〈獨孤判官部送兵〉：「亦是封侯地，期君早著鞭！」又〈酬鴻臚裴主簿雨後睢陽北樓見贈之作〉：「不歎攜手稀，恆思著鞭速，終當拂羽翰，輕舉隨鴻鵠！」都用《晉書》劉琨常恐祖逖先吾著鞭的典故，高適與朋友間的意氣相期許，也由此可以覘見。

我們讀高常侍的詩，總覺得高詩中率直的「賦」，多於婉縟的「比興」。《吟譜》上說：「高適詩尚質主理」，大概就是從這方面得到的結論。而李重華以為「高詩雖正，苦心未之或逮」（見《貞一齋詩話》）。胡震亨亦以為「常侍篇什空澹，不及王（昌齡）李（頎）之秀麗豪爽」（見《唐音癸籤》卷十）。相信也是從這方面去批評高詩的。所幸高詩是以「氣骨」取勝，更能立意古雅，所謂「黯淡之內，古意尤存」，自不須在詞華比興上求取奪人心目的魅力。

九曲詞　（三首錄一）

萬騎爭歌楊柳春，千場對舞繡麒麟。到處盡逢歡洽事，相看總是太平人。

欣賞

九曲是唐代西蕃的地名，天寶十三年三月，隴右節度使哥舒翰戰勝了吐蕃，攻破了洪濟城、大漠門與九曲，收降了九曲部落。九曲離甘肅積石軍三百里，那邊水甘草長，最宜畜牧，這首詩是描寫哥舒翰收復了九曲，在春日慶祝勝利的場面。

說：萬人騎著馬，一齊來唱那支折楊柳的凱歌，〈折楊柳〉是唐代橫吹部曲名，胡震亨《唐音癸籤》說：「唐所尚，殆羌笛也。……乃如〈關山月〉、〈折楊柳〉、〈落梅花〉，唐人吹笛多用之」（見卷十四）。我們看高適另一首〈塞上聽吹笛〉詩：「雪淨胡天牧馬還，月明羌笛戍樓間，借問梅花何處落，風吹一夜滿關山！」其中正用了〈落梅花〉、〈關山月〉二首笛曲，樂府解題中說〈關山月〉是傷離別用的。〈落梅花〉和〈折楊柳〉，則或許是可以借作凱歌來唱的，因為高適在〈信安王幕府詩〉中說：「四郊增氣象，萬里絕風煙。關塞鴻勳著，京華甲第全。落梅橫吹後，春色凱歌前！」可見在關塞之上，用橫笛一樣可以奏凱歌的。時在春天，所以說楊柳春。

一面唱著歌，一面有一千場對舞的麒麟。唐人的散樂中已有舞獅等遊戲，而唐人的舞曲，多著繡羅襦等舞衣，因此「繡麒麟」大概也是身著繡羅寬袍，類似舞獅的一種玩樂，一樣是用來慶祝勝利的。

「到處盡逢歡洽事，相看總是太平人。」說滿眼都是賞心悅目的歡洽事情，天下所見的，都是太平年代的人了。寫歷經戰亂磨折的人，一朝身逢太平的年代，其手舞足蹈的歡樂情景，躍然紙上，因為在往年麥熟的季節，吐蕃就南來搶割，草黃的季節，吐蕃又南下牧馬，那積石軍的麥田，吐蕃人竟喚它作「吐蕃麥莊」！但從這次擊破吐蕃，收降九曲部落以後，便可長享太平了。所以九曲詞的下一首結句說：「青海只今將飲馬，黃河不用更防秋！」也同樣的愜心寫意！

這是一首就快樂方面寫的詩。詩大概是寂寞的化身、苦悶的象徵，用來寫喜樂的心情，只能短短的幾句罷了，而且也不容易寫得動人，王弇州曾說：「夫貧老愁病，流竄滯留，人所不謂佳者也，然而入詩則佳。富貴榮顯，人所謂佳者也，然而入詩則不佳。」可見用詩來寫歡樂的景象，是不易引起讀者共鳴的，前人說詩文是「窮而後工」，而顯達後只落得「江郎才盡」，也是這個道理吧？然而高適的詩，不喜作酸苦的呻吟，像這首詩描寫歡騰的場面，也頗能使聞者雀躍，《舊唐書》上說：「有唐以來，詩人之達者，唯適而已！」看來高適是一個例外了！

閒居

柳色驚心事，春風厭索居。方知一杯酒，猶勝百家書。

欣賞

楊柳青青的顏色，驚覺了我的心事，在駘蕩的春風裡，我對於離群分居的生活，起了厭倦。賦閑的心情很難忍受，唉，此刻的一杯酒，比諸子百家的書更能慰藉我寂寥的生活！

柳色為什麼會驚覺我的心事？因為楊柳枯了又青，不期竟青青如此！流光迅速，又逢一個春天，柳色還和去年一樣，而我仍和去年一樣嗎？索居的我，怎能不悚然心驚？在春風裡，萬象重新開始活躍，我也激動起來，不希望再寂寞下去，不希望滿足於閑居的生活，然而境遇是這般莫可奈何，教我深深地領悟：且飲手中的一杯酒，便勝過了研究那些竭智競才的百家思想呀！我們看杜甫有〈寄高適〉詩云：「安穩高詹事，兵戈久索居。」而高適另有〈苦雨寄房四昆季〉詩：「獨坐見多雨，況茲兼索居……彈碁自多暇，飲酒更何如？……寧能訪窮巷，相與對園蔬。」大概在安史之亂時，他曾有一段隱居的生活。

「方知一杯酒，猶勝百家書」，是用一種放逸跌宕的筆意，來喚起讀者的感悟，因為百家之書，雖互競短長，妙用無窮，但在今天，即使學得經綸滿腹，也不能進身致用，又何曾比得上面對春風而高舉起酒杯那般的受用呢！這種看破世情的句子，和杜審言的「酒中堪累月，身外即浮雲！」王維的「世事浮雲何足問，不如高臥且加餐！」杜甫的「莫思身外無窮事，且盡生前有限杯」一樣，宛如一陣清風，教人消失盡枯榮炎涼的得失念頭，而猛然地警醒了！

五言的絕句，篇幅最短，很不容易成為咀味無窮的佳作，王弇州曾說：「絕句固自難，五言尤甚，離首即尾，離尾即首，而腰腹亦自不可少。妙在愈小而大，愈促而緩。」錢棨錄施均父的話也說：「五絕只二十字，最為難工。必語短意長，而聲不促，方為佳唱，若意盡言中，景盡句中，皆不善也」（見《峴傭說詩》）。可知五言的絕句，必須借助於意在言外，使人讀完了二十字，覺得還有許多話在言外，才算上乘。我們看高適的這首〈閒居〉詩，言外的意思正多著，不知該怎樣才能把它傳譯得完善些。

杜甫詩欣賞

自唐代以降，論詩必以杜甫為宗師。杜詩意律深嚴，感時深遠，句法理致，穩實而宏妙。加以身逢兵火喪亂，艱難備嘗，發為詩歌，無非匡時憂國之志，因而後世尊稱為詩聖。

杜甫畢生盡瘁於詩，雖羈旅困窘、悲愁無聊成為題材的大半，但由於他博極群書，周行萬里，見多識廣，才高學厚，所以比類賦象，幾乎無體不備；而奇文險句，又極盡鍛鍊的能事。相傳李白曾作過一首絕句，嘲弄他為詩而自苦，詩道：「飯顆山頭逢杜甫，頭戴笠子日卓午，為問因何太瘦生，只為從來作詩苦。」這首詩不見於李集，或許是後人偽作的，但杜甫一生心魂之所寄，盡在詩歌，以此贏得後世的同情與敬愛，使他在詩國中，不受時空的轉移，永遠高居著不朽的位置，將是必然的事。

杜甫字子美，居杜陵，自稱少陵野老，又稱杜陵布衣，人或稱為草堂先生。曾為檢校工部員外郎，後人又尊之為杜工部。杜甫的詩，一共一千四百餘首，其中古詩四百首，近體詩積數盈千。由於古詩較長，本文只舉五言七言的律詩絕句各二首，就其造言、選字、意象、神味等，略作分析，以供欣賞。古人曾說過：「詩無達詁」，一切剖析評點，都不免存有方隅之見，既然誰也無法避免，只有請大雅教正之！

野人送朱櫻

西蜀櫻桃也自紅，野人相贈滿筠籠。數回細寫愁仍破，萬顆勻圓訝許同。
憶昨賜霑門下省，退朝擎出大明宮。金盤玉筯無消息，此日嘗新任轉蓬。

欣賞

這是一首詠物的詩。詠物的詩，不能只描繪事物的本身，必須寄以情懷，始有遠韻。若是一味求摹狀入細，只能算是一則謎語罷了，不成為一首好詩。錢泳在《履園譚詩》中說：「詠物詩最難工，太切題則黏皮帶骨，不切題則捕風捉影，須在不即不離之間。」所謂不即不離，即是要既切題旨，又有遠韻，才算合格。而本詩前半首，把這個纖小的題目，寫得工細熨貼；後半首又大興感慨，寫得頗為壯闊，才成為一首上乘的詠物詩。

這詩的大意是說：西蜀地方的櫻桃也是朱紅美麗的，野人以竹器盛滿了贈給我，我們幾次把它細心的傾倒，擔心它仍會破裂；而萬顆勻圓的朱櫻真教人驚喜。這四句是直寫目前所見的事物。於是想起從前在門下省時，受到賞賜下來的櫻桃，退朝時興高采烈地拿出大明宮去，然而現在肅宗晏駕以後，長安遙隔，久無消息，遠離本根像轉蓬一般的我，卻在此日又嘗到了新熟的櫻桃。這四句是寫內心的感觸。

我們看全詩的結構，便能發現杜甫匠心的細密：「西蜀櫻桃也自紅」，句中的「也」字，已預先引接第五、第六二句賜櫻的意思。方東樹說「後半妙處，即在首句『也自』二字根出，所謂詩律也。」吳闓生也以為「也自二字，逆攝後半，所謂筆所未到氣已吞也。」都對這些個虛字的妙用，表示十分傾服。而末句「此日嘗新任轉蓬」，句中的「轉蓬」，又迴應著首句「西蜀」二字。先說明漂泊在蜀地，轉蓬二字才有歸著，而使首尾渾然，不落痕跡，語句也自自然然，像是毫不曾費過力氣一樣。

所以施均父曾就本詩的結構，加以分析，以為其中收縱開合之妙，直像一篇大文章，他說：「野人送朱櫻詩，意中先有昔為朝官與賜櫻桃之事，然使即從當時與賜說起，轉到野人之送，以寄淒涼，便是直筆俗筆。少陵卻作倒裝，西蜀櫻桃也自紅，只『也自紅』三字，已含下半首矣。第三語愁仍破，四語訝許同，躍躍欲出而頓挫之。然後點明憶昨二句，第七語金盤玉筯無消息，將憶昨之事結過，落句此日嘗新任轉蓬，歸到本題。八句中，收縱開合，直是一篇大古文。學者究心於此，便無平直之章」（見《峴傭說詩》）。施氏把全詩的曲折微妙，闡述得很詳細。

至於「數回細寫愁仍破，萬顆勻圓訝許同」二句，體物極肖，寫櫻桃芳潤勻圓之狀，令人生起珍惜與驚喜之心。但「細寫仍破」是針對第一句「紅」的意思，寫櫻桃的熟；「萬顆訝許」是針對第二句「滿」的意思，寫櫻桃的多。到了五六兩句，不須再形容櫻桃，而寫春薦後受賜時之榮寵，櫻桃雖今昔相似，但人事不同，加以京華阻隔，轉蓬蜀地，今昔之異，盛衰之感，自使人感慨深長了，所以結尾以「此日嘗新任轉蓬」一句拍合，使全首字字有根，脈絡貫通，成為一篇巧作。

如果我們再深一層地去研究「細寫」、「勻圓」二句，為什麼能把櫻桃玲瓏欲動的樣子描摹出來，其中借助於聲韻的效果，也不可忽視。鄧廷楨在《雙硯齋筆記》中說：「子美詩雙聲疊韻則融去跡象，尤為精妙。如『細寫』雙聲，『勻圓』雙聲兼疊韻。」細字蘇計切，聲屬齒音心紐；寫字悉姐切，聲也屬齒音心紐，所以說是雙聲，且齒音字能給人一個細小纖弱的感覺。而勻字羊倫切，聲屬喻紐，韻在十八諄。圓字王權切，聲屬為紐，韻在二仙。古時喻紐為紐不分，同屬喉音，所以說雙聲，而諄韻仙韻音轉最近，所以說雙聲之外又兼疊韻。由鄧氏的剖析，我們更能了解這二句詩在聲韻上也是十分講究的。

登　高

風急天高猿嘯哀，渚清沙白鳥飛迴。無邊落木蕭蕭下，不盡長江滾滾來。
萬里悲秋常作客，百年多病獨登臺。艱難苦恨繁霜鬢，潦倒新停濁酒杯。

欣賞

就全詩的謀篇來說，前四句是寫題目的「高」；後四句是寫題目的「登」。而前四句寫的是所聞所見的景色；後四句寫的是百憂交集的感觸。

第一句寫了「風」、「天」、「猿」三個名詞，第二句又寫了「渚」、「沙」、「鳥」三件實物。都使一句中複疊了三層意思。因為一二兩句顯得零碎，三四兩句便須表現得嚴整，因此三四兩句，各只寫「落木」、「長江」一個對象。又因為起首兩句「實字」極多，所以三四兩句便用「無邊」、「不盡」等「虛字」。

「無邊落木蕭蕭下，不盡長江滾滾來。」正因落木蕭疏，方能望見滾滾長江，這無邊與不盡，寫得蕭疏萬里。我們拿它來和前首詩比較，杜詩真是所謂「精粗鉅細、巧拙新陳、險易淺深、濃淡肥瘦、靡不畢具」（見胡元瑞評語）。又吳沆在《環溪詩話》裡引張右丞的話說：「杜詩妙處，人罕能知，凡人作詩，一句只說得一件事物，多說得二件。杜詩一句能說得三件、四件、五件事物。常人作詩，但說得眼前，遠不過數十里內。杜詩一句能說數百里、能說兩軍州、能說滿天下，此其所以妙。」我們看前二句詩，正是每句各說三件事的例子，而這二句又正是一句能說數百里的例子。

五六兩句接著點出了題目，而這中間四句，完全白描，劉克莊說「此二聯不用故事，自然高妙。」典雖不曾用，但這「萬里悲秋常作客，百年多病獨登臺」二句中，羅大經以為「十四字之間含八意，而對偶又精確。」我們試來分析一下這八層意思：「萬里」寫空間的遼遠；「悲秋」寫時間的悽慘，這時就是在家鄉的人也不免要興嗟，何況羈旅在萬里之外作客呢？羈旅作客若是短期的還不須悲傷，更何況是「常作客」呢？羈旅他鄉、經年作客，若是年少氣盛的還不須悲傷，更何況是「百年」暮齒之人呢？百年遲暮之人，若是身體康健的還不須悲傷，更何況是「多病」衰疾之身呢？暮齒之人、多病之身、流落異鄉，若在平日還不須悲傷，更何況是「登臺」遠望呢？這暮齒多病之人，經年作客他鄉，在這萬里之外，悲秋之時去登臺，已教人不堪了，更何況是無親無朋的「獨登臺」呢？在這十四個字中，意思層層入裡，竟有八層，所以胡應麟稱許它是「古今七言律第一」，可說是當之無愧。

結尾兩句，則緊承腹聯而下，因為作客日久，所以備嘗艱難苦恨；因為衰年多病，所以潦倒日甚，只見白髮頻添，而酒杯難舉，潦倒之態，至此乃一齊畫出。

這首詩還有一個特點是：八句都是相對的。然而誦讀起來並不覺得湊砌，幾乎並不覺得它是句句對仗的。這是杜工部才力高，工力深，格律對仗，不但不損害他詩句的詞意，反有助於音節的飛揚。《峴傭說詩》中道：「通首作對，而不嫌其笨者，三四無邊落木二句，有疏宕之氣，五六萬里悲秋二句，有頓挫之神耳。又首句妙在押韻，押韻則聲長，不押韻則局板。」可見本詩在聲律格局上特別考究。

我們再分析第一、三、五、七出句的末字，哀字平聲，下字上聲，客字入聲，鬢字去聲，分用平上去入而不相重複，可見少陵錘鍊字句的細膩。胡應麟稱讚他「一篇之中，句句皆律；一句之中，字字皆律。」少陵吟詩的艱辛，由此可見一斑。

客夜

客睡何曾著，秋天不肯明。入簾殘月影，高枕遠江聲。
計拙無衣食，途窮仗友生，老妻書數紙，應悉未歸情。

欣賞

〈客夜〉一詩是杜甫在梓州時，接獲家書後，有感不寐而作的。全詩的主題是寫「不寐」，因此不論寫景抒感，都是在說「不寐」。「不寐」是由於接獲了家書，但杜甫卻把「家書數紙」安排在結尾才點出，而用「突起」的筆法，以「客睡何曾著，秋天不肯明」來開端。三四一聯，看似寫月影江聲，其實只是在形容「不寐」。惟其夜久不寐，才見殘月入簾；惟其夜靜不寐，才聞遠江濤聲。所見所聞，都在側寫秋夜不寐。五六一聯，寫計拙途窮，衣食不足，求給於人，這些艱窘的話，一面道出所以作客未歸之故，一面還是針對著「不寐」，來說明所以不寐的原因。作客的情懷既已道出，結句才點明老妻的家書，推想她應該了解我客夜的情懷吧？〈客夜〉的情懷在前面六句已極盡悽婉之致，末句以「未歸情」三字總收全局，不僅通首脈絡相貫，由於出之以推想的語氣，更使那種茫茫然百端交集，而無計可以安慰的神情，鋪露字裡行間了。

「客睡何曾著，秋天不肯明。」是全詩最突出的佳句。它一面是用倒裝的句法，使氣爽健，一面又用「不肯」二字來擬人，使秋天像是故意要與愁人為難，教愁人受盡夜長的磨折。我們看陶淵明曾寫過：「晨雞不肯鳴」、「日月不肯遲」的句子，杜子美自己也寫過「江平不肯流」的泛江詩，但都不如「秋天不肯明」那樣教人喜愛與感動。那是因為「晨雞」、「日月」、「江水」都是實有的物體，取來擬人，只是「引實比實」，遠不如用「秋天」來擬人，秋天是虛空抽象的名詞，比擬成具備人格意志的人物，這種「引虛比實」的比擬法，最能使意象靈動。

孫奕在《履齋示兒編》卷十說：「子美善以方言里諺點化入詩句中，能使詞人墨客口不絕談。」像「客睡何曾著，秋天不肯明」，正以俚俗的話入詩，非常出色。其他如「棗熟從人打，葵荒欲自鋤」、「家家養烏鬼，頓頓食黃魚」、「一夜水高三尺強，數日不可更禁當」、「但使殘年飽喫飯，只願無事長相見」，寫的都是俗語，反使情事格外真切。

入喬口

漠漠舊京遠，遲遲歸路賒。殘年傍水國，落日對春華。

樹蜜早蜂亂，江泥輕燕斜。賈生骨已朽，悽惻近長沙。

欣賞

這首詩的結構是：上四句敘述他南下的行蹤，下四句是抒發他流落異鄉的感觸。再仔細地分析它，發現每一句都是緊緊地連鎖著的，因為一二兩句寫他步步南行，而念念都在北方。第三句緊接上二句，點明是遲暮之人，遠傍在南方的水國；第四句則啟導下面四句的感觸，春華雖美，而羈旅他鄉，江湖日落，不能沒有桑榆晚暮的悲傷。又由「春華」牽引出第五句的「樹蜜早蜂亂」；由「水國」牽引出第六句的「江泥輕燕斜」，這二句看似單純的寫景，但愈是寫蜂鳥的自適，愈是反比自己故鄉遙隔、舊京日遠，而四方飄泊，客老他鄉，更是蜂燕之不如。而結尾兩句，點出題目「入喬口」，喬口在長沙府城西北九十里，行近長沙，遂想起當年賈誼過長沙時憑弔屈原的典故，賈長沙既逝，而千古之下，又有近長沙而感慨不禁者，這是借賈生來自歎，遂使行色慘沮、古今同悲的意思，吐露滿紙。「長沙」二字，同時也呼應著起首二句，點明了南行的方向。

在這首詩中，還有值得一題的是：用情含蓄。如「漠漠舊京遠，遲遲歸路賒」二句，流露出這次南行，是完全迫於無可奈何的。樹蜜江泥二句，看似寫景，實是抒情，而結句懷念賈長沙，也是借人形己，使忠勤愛國的心志，皆在言外寓意了。

再則如「樹蜜早蜂亂，江泥輕燕斜」一聯中，早字當平而用仄，輕字當仄而用平，《詩人玉屑》卷三，舉此以為是唐人句法中「眼用拗字」的實例，而「蜜」字「泥」字的用法都很特別，因為「蜜」和「泥」都是名詞字，在這兒都轉作形容詞用。《誠齋詩話》有云：「詩有實字，而善用之者，以實為虛。」這便是一個例子。我們看近代有些喜歡創新出奇的作家們，寫「天空很希臘」、「他很商人」的句子，都是運用名詞作形容詞用，這種技巧，原來在老杜的詩中早就屢見不鮮了。

漫成一首

江月去人只數尺，風燈照夜欲三更，沙頭宿鷺聯拳靜，船尾跳魚撥剌鳴。

欣賞

全詩四句，都是寫客船的夜景。但分析起來，四句所寫都不同：「江月」是寫空間，「三更」是寫時間，「宿鷺」是寫所見，「跳魚」是寫所聞。

第一句寫江中月影，去人數尺，是寫近景；第二句寫風檣懸燈，照夜三更，是寫遠景；第三句沙頭宿鷺是寫遠景，第四句船尾跳魚是寫近景。一遠一近，錯綜而寫，遂使夜泊之景，空明如畫，非僅如畫，更有月影燈光，更有魚聲撥剌，實有畫筆所不及的聲光世界。

孟浩然有一句詩：「江清月近人。」杜甫這句「江月去人只數尺」，顯然與孟詩的境界相類似，而轉用俚俗的口吻，益發生動。羅大經以為「浩然之句渾涵，子美之句精工」（見《鶴林玉露》卷三）。由此可以辨識二人不同的風格。況且月亮浸在江裡，近在船舷邊側，所以可用尺量；燈籠懸在風裡，逐漸昏沉，所以能推知更次。而眾多的宿鷺，反而寂靜；偶一有跳魚，反而躍動，其間實有無限的意味。

四句雖分時空聞見的不同，雖有遠近動靜的差異，但四句都在寫「靜」，江上清靜，才覺月影近人；風燈照夜，寂寂三更，正是寫萬籟無聲的靜穆；宿鷺聯拳著雙足，安眠在沙灘，也是寫靜；船尾有魚兒躍出水面，清脆可聞，「撥剌」一聲，王楙以為是「劃烈震激之聲」，其實這一聲魚躍，更是在寫靜。靜、靜、靜，簡短的四句，寫得風清月白，恍如塵外，這是一個何等清靜的世界！

江畔獨步尋花（七首錄一）

不是愛花即欲死，只恐花盡老相催。繁枝容易紛紛落，嫩蕊商量細細開。

欣賞

江畔獨步尋花七首，都是以「惱花、怕春」為主意，表面上是「惱花、怕春」，心坎裡還是「愛花、惜春」。

第一句明明是「愛花欲死」，卻偏說「不是」；第二句明明是「惋惜春光」，卻偏說「怕春花盡」。這種「反語」，能使文情曲折，表現出無限的深情。只說「愛花欲死」是少年的事，如今暮年之感，只怕春花又盡，流光相催，比正面供出愛花惜春更使人感傷。於是歎息滿枝的繁英，容易凋落，遂想與枝上的嫩蕊商量，請它細細開放，不要一齊盛放，遽爾落盡！這種癡情的奇想，讓我們想見杜甫是那麼多情！那麼深情！袁說友在《東塘集》中也寫杜詩的這個意思說：「只愁花謝老相催，老盡頭白花又發！」比杜詩直率，缺少那種風流蘊藉的韻味了。

詩中「紛紛」、「細細」都是疊字，疊字用得確當，能使意態全出。本詩「細細」二字，把惋惜春光的抽象意念，描摹得十分具體，而老境難耐，少年易過的感歎，更洋溢在筆外了。

至於「容易」、「商量」等字，用字淺近，都用白話的語氣，這本是杜詩的特色之一。史繩祖在《學齋佔畢》中以為「容易」二字，出典於東方朔〈非有先生論〉，「商量」二字出於《易經》咸臨二卦的《孔氏正義》，指出它們都是本諸經史的，字字都有其來歷和依據。這種見解，恐怕是太迂腐了，詩文自有它的靈感與風貌，有時使用俗語，反見靈活，有什麼不好？何必牽到經史上去呢！

絕　句（六首錄一）

江動月移石，溪虛雲傍花。鳥棲知故道，帆過宿誰家。

欣賞

石在江邊，月影浮在江上，江水一動，月影也就搖幌不定，或移影在石之左右，或在石之前後。這時花的倒影，雲的倒影，在虛涵的溪水中依傍在一起。這二句寫江溪春夜之景，極為幽適。

下二句寫禽鳥歸棲於故道，與第二句「傍」字相承；而帆行不息，與第一句「移」字相承，首二句一動一靜，三四句則一靜一動。又從「鳥棲」、「帆過」二句生出感慨，謂鳥棲猶知故道，而客帆終日征行，是客帆不如棲鳥，短短四句之中，就目之所見，景之所觸，平易道來，別有意趣。

這詩是四句皆對仗的，浦起龍曾評解說：「絕句截中四者殊少，惟公獨多，而此首筆意尤勝」（見《讀杜心解》）。就絕句的體格方面，說它是截律詩的中間四句而成，大致成理。若就詩體源流而言，絕句產生在律詩之前。《詩藪》上說：「五絕起兩京，其時未有五言律。七絕起四傑，其時未有七言律。」胡元瑞也說：「五言絕昉於兩漢，七言絕起自六朝。」因此浦氏所指「截律詩中間四句」，只是從形式上說的。

工部在五言絕句方面，不如王維李白的擅長。五言絕句一共二十個字，作者每每易犯「語短而氣苦於促，字少而意易於露」的毛病，因此一首上乘的五言絕句，妙就妙在詩愈小而意愈大，句愈促而情愈緩，使意在言外、情餘不盡，方見工力。

復愁（十二首錄一）

萬國尚戎馬，故園今若何？昔歸相識少，早已戰場多。

欣賞

這是首懷鄉憂國的詩。題為復愁，是說前愁未了，後愁復至，詩人雅懷，終究是以忠誠為本，以匡時憂國為念。

四句的結構是先說今日，再追念昔日，今日吐蕃侵境，戎馬遍地；而故園寥落，今復何如？第二句設問，三四兩句便以答語作結。謂往年曾歸去舊居，而相識甚少，大半已成戰地的枯骨，今日自然益加荒涼了。

「昔歸相識少，早已戰場多。」以「多」字來襯映「少」字，意又近乎翻疊，而相映成趣。「早已」二字，曲折達意，蘊蓄著無限的傷情。浦起龍特別欣賞這二句，他說：「昔歸二句，悠然不盡，昔歸已如此，今復何如耶？一則亂久而不忍言，一則別久而不深悉。」照浦氏的解析，這首小詩，可說是「句中有餘味，篇中有餘意」的佳作了。

韓愈詩欣賞

韓愈的詩，瑰奇豪宕，陳衍曾以「紛紅駭綠」四字來形容他的詩境。他在造境用韻方面，善於因難見巧，愈險愈奇；謀篇裁章方面，常用逆折橫接的方法，不落俗套；而使事取字方面，又能博贍而密切，構成其深曲的含意，他是有意從艱奧怪變的一面開創新風格的。

韓愈字退之，昌黎人，後人尊稱為韓昌黎。曾數次出任吏部侍郎，後人或稱為韓吏部。卒後謚曰文，故又稱韓文公，韓愈性不隨俗，以才高數黜，備嘗仕途的窮通哀樂，故韓詩多悲。韓愈少年時與孟郊、張籍等友善，一直不因官場的榮悴而改變當年賦詩論文的生活。年少一輩的人經愈指授者，都喜自稱韓門弟子。葉燮說：「疾惡甚嚴、愛才若渴，此韓愈之面目。」這種生活性情的面目，也就是他詩文內容的面目。

自從黃山谷說：「詩與文各有不同的體裁，韓愈用作文的體裁作詩；杜甫以作詩的體裁作文，所以韓詩杜文都不工妙。」千載以來，都信從此說，至清人陳沆作《詩比興箋》，以為韓愈的詩，上承風騷，善用比興，提出反駁說：「謂昌黎以文為詩者，此不知韓者也。」其實韓愈在七言古詩方面，卓然自成大家，方東樹說他：「氣韻沉酣、筆勢馳驟、波瀾老成、意象曠達、句字奇警、獨步千古」，並不是過分的虛美。他在律詩絕句方面，稍為平熟，又是另一種意態，下面仍依前例，選幾首近體詩，便於欣賞：

酒中留上襄陽李相公

濁水汙泥清路塵，還曾同制掌絲綸。眼穿長訝雙魚斷，耳熱何辭數爵頻。

銀燭未銷窗送曙，金釵半墜座添春。知公不久歸鈞軸，應許閒官寄病身。

欣賞

「濁水汙泥清路塵」，是寫別時容易見時難，我像濁水裡的汙泥，你像清路上的飛塵，一揚一沉，一動一靜，彼此情勢不同，今後再想會合，不知該等到什麼時候了。「還曾同制掌絲綸」，寫出兩人是同事的關係，絲綸是代表皇帝的話，唐代製誥詔命出於中書舍人，李逢吉任職中書舍人時，韓愈任考工郎中知制誥，所以說還曾經與他同掌絲綸。

「眼穿長訝雙魚斷，耳熱何辭數爵頻」，是一聯鍛鍊頗工的對句，上句就別後想，下句就眼前說。分別以後，我將時常望眼欲穿，猜疑為什麼看不到那攜帶尺素書的雙鯉魚呢？因此，現在縱使酒酣耳熱，也不要推辭，一再地乾杯吧！

「數爵」來對「雙魚」，叫做「借對」。是利用諧音的雙關來對仗的，把這

「爵」字借作「雀」字來對「魚」字，這種借對，唐人一時興到，往往有之。如洪覺範著《石門洪覺範天廚禁臠》，中有琢句法，舉「殘春紅葉在，終日子規啼」一聯，借「子」為「紫」，來對紅字。又舉「住山今十載，明日又遷居」一聯，借「遷」為「千」，來對十字。俞弁《逸老堂詩話》亦舉孟浩然詩：「庖人具雞黍，稚子摘楊梅」一聯，是借「楊」為「羊」，來對雞字；又舉杜甫詩：「枸杞因吾有，雞栖奈爾何」一聯，是借「枸」為「狗」，來對雞字。這種借對，在修辭的功用上，能產生一種新巧的感覺。

「銀燭未銷窗送曙，金釵半墜座添春」，是寫男女雜坐、歡宴達旦的情景。銀色的蠟燭還沒有銷盡，窗上已送來曙光，這時婦女們帶著醉意，金釵半墜著，使滿座平添了春色。這二句寫送別時歡洽的場面，有人以為和韓愈平素的為人態度不相類，其實古來鐵心石陽的宋廣平，也喜賦梅花；陶淵明也有一篇香豔的〈閑情賦〉；歐陽修的詞又何嘗不是柔情千種，人都有輕鬆的一面，何況性情率真的韓愈呢？

至於「金釵半墜」，祝、魏、廖、王諸本皆作「金釵半醉」，文苑作墜，不作醉，何義門以為用「墜」字，可能取「前有墮珥，後有遺簪」的意思，使滿座歡洽的景象，表現得更具體，王元啟也說：「醉與釵字不黏，以上句銀燭未銷例之，或本作墜為是」（見《讀韓記疑》），王氏所說的「不黏」，正相當於近代修辭學中的「不諧合」，說作金釵半墜比金釵半醉來得黏合，和下句「銀燭未銷」也更對稱。

「知公不久歸鈞軸，應許閒官寄病身」，是說料知你不久將回歸朝廷，秉執治國的重任，那時也該允許給我一個閒官，讓我寄託多病之身的吧？方世舉說這一句的意思，是向李逢吉表明，將自處「不爭之地」，所以用「閒官」來和「鈞軸」相對照，原來李逢吉和韓愈二人，平素意見最不融合，韓愈從袁州召還京師，過襄陽，逢吉任襄陽刺史，所以向他表明心跡，當我們了解二人的情分，便可以了解詩中雖寫嘉會難遇，及時行樂，但字裡行間，並沒有什麼深摯的離情。

詠燈花同侯十一

今夕知何夕，花然錦帳中。自能當雪暖，那肯待春紅。
黃裡排金粟，釵頭綴玉蟲。更煩將喜事，來報主人公。

欣賞

唐人都喜以排行來代替名氏，侯喜排行在十一，這詩是韓愈和侯喜同詠燈花而作的。這詩前四句的大意說：不知道今晚是怎樣的一個晚上，燈花點燃在錦帳之中，這一點火花便能抵擋雪夜的寒意，而給人溫暖；這一朵燈花那裡肯到春日的花季才開放呢？四句淺顯的句子，把狹小的題目，寫得意象活潑，情致盎然了。

三句的「自能」，四句的「那肯」，都是詩家所稱的「虛字」，韓愈的古詩，用虛字承遞的很少，虛字少用，常能給人「橫空盤硬」的感覺，虛字多用，會使詞意軟弱，但是一篇詩文之中，虛字卻是全篇宛轉靈活的關鍵，方東樹在《昭昧詹言》中，提及韓愈善用虛字，說：「其於閒字語助，看似不經意，實則無不堅確老重成鍊者，無一儒字，率字，便文漫下者，此雖一小事，而最為一大法門，苟不悟此，終不成作家」，指示後來的作者，對韓詩用虛字處，必須留意研揣。如本詩的「自能」、「那肯」，一句肯定用，一句否定用，乃生情致，如果不是用一正一反來搖曳，便落入板相。

「黃裡排金粟，釵頭綴玉蟲」，是一聯奇句，史念升說黃裡排金粟，是指額間的花鈿，謂古人裝飾有額黃者，鄭珍說黃是指黃石脂，宮額裝飾所用，並且說：「二句擬狀絕肖者，鐙之火光內黃外赤，花在其中，恰是黃裡排金粟，釵以比鐙芯，花在其首，確是釵頭綴玉蟲，於此見公體物之精」（見《巢經巢文集》跋韓詩），依鄭珍的解釋，彷彿可通，但依舊是嫌艱深奇澀，強說難通，韓氏喜歡自闢蹊徑，每有杜撰的毛病，葉燮說：「韓詩無一字猶人」，又說：「舉韓詩之一篇一句，無處不可見其骨相稜嶒，俯視一切」（見原詩），這是韓詩的優點，也就是韓詩的缺點，像黃裡排金粟兩句，大抵是象徵燈花的形貌，卻寫得這般詰曲沉細，令人莫測，姚鼐曾說：「大抵作詩平易則無味，求奇則患不穩，去此兩病，乃可言佳」，韓詩有時尚奇過分，不能不說是一種弊病。

結句說，更煩你把喜事來向主人公報導，是用俗語「燈花報喜」的意思，全詩充盈著一種濃郁的人情意味，是一首有情趣的詠物詩。

欣賞

題臨瀧寺

不覺離家已五千，仍將衰病入瀧船。潮陽未到吾能說，海氣昏昏水拍天。

蔣抱玄批評這首詩說：「調高字響、亦悲亦豪」，豪是韓詩的本色，蘇子由曾推崇韓愈說：「唐人詩當推韓杜，韓詩豪、杜詩雄」，韓詩波瀾洶湧，變怪百出，但大都在古詩中表現其本色，律絕中不易恣其馳驟，展其所長，像「潮陽未到吾能說，海氣昏昏水拍天」、「煩君自入華陽洞，直割乖龍左耳來」（見〈答道士寄樹雞〉）等詩，豪氣駭人，頗為少見。「海氣昏昏水拍天」七字，可以作為韓詩風格與面目的代表。

全詩的大意說：從京師到韶州，不知不覺遠離家鄉已五千里了，仍是以衰老疾病之身投入臨瀧的船舶中，雖還沒到潮陽，我已能想像那邊的景象：昏昏的海氣中，只有水浪猛拍著蒼天。

王元啟以為「吾能說」三字，應當依建本作「人先說」，是說進入了瀧船後，還沒有到潮陽，就先聽瀧吏說起那邊海天的險惡，這樣才能表現驚訝的神情。其實「吾能說」三字遠比「人先說」有深意，因為韓愈以高才數黜，受盡了驚恐，雖是未到潮陽，由於一路上顛沛險難的磨折，早料到那瀕海的邊邑，一定是那種驚濤駭浪，可怕的景色，使人覺得那邊的風浪，就是想像起來，也不寒而慄，何況是親臨其間呢？朱彝尊說：「妙處全在吾能說三字上」，是不錯的，這三字還能讓你體會到一種「認命」的感覺，那韓愈坐在浪船裡，黯然的神色，悄然的容貌，悲涼抑鬱，焦慮絕望的神情，一並出現在眼前，彷彿在說：「這下完蛋了。」

題木居士　（二首錄一）

為神詎比溝中斷，遇賞還同爨下餘。朽蠹不勝刀鋸力，匠人雖巧欲何如。

欣賞

這首詩彷彿在說理，卻不純然在說理；彷彿是抒情，又不純然是抒情，蔣抱玄說它「造意玄眇」，朱彝尊說它「含味無窮」，正因為它的趣味是藏在艱奧的文字之中，讓人感覺寄託遙深。

在衡州的屬邑有木居士廟，這是韓愈題在廟裡的詩。以木根為頭面，以木幹為身軀，題為居士，奉作神明，所以這首詩的運意，必須糅合「木」與「居士」二個主題，而其取材也必須與二者都有關的。

作者首先想到一個莊子中的典故，《莊子．天地篇》裡曾舉例說：把一株百年的大樹，雕鏤成華美的禮器，和斷棄在溝瀆裡的木材，好像有美惡不同的遭遇，但就喪失本性一點來說，是沒有高下區別的。「為神詎比溝中斷」，是說一塊木塊刻削成了神像，和斷棄在溝中的木屑，固然是不能比的。

作者接著又想到一個焦尾琴的典故，《後漢書》載蔡邕在吳地，聽到吳人燒桐樹為爨，火中爆烈的聲音很特別，知道是良木，就請求把這桐木裁為琴，果然有極美的音色，但是琴尾已燒焦了。「遇賞還同爨下餘」，說縱使遇到了賞識的知音，已經像那燒剩的桐木了。

作者最後用了《論語》「朽木不可雕」的典故，「朽盡不勝刀鋸力，匠人雖巧欲何如」，說這本身已朽盡了的木頭已不堪刀鋸的力量了，縱使匠人再工巧，還能雕刻它嗎？

這四句詩若即若離，彷彿綴屬不起來，使讀者仁智互見，產生不同的趣味，陳景雲在《韓集點勘》中，以為這是諷刺王伾和王叔文，說他們由寒微而暴貴，現在成了神像，當然不比斷棄在溝中的時候了，他們的黨人互相推奬標榜，簡直把一塊溝中的廢木，也讚成爨餘的桐木一般了，然而他們的本質是朽盡而受不住刀鋸力量的，縱使有工於吹捧的人，大言誇飾，又還能把它雕成良琴或神器嗎？

王鳴盛在《蛾術編》中，以為這詩含有「自寓」的意味，解釋便完全不同。前人說「境自隨人，各有會心」，談詩境，更是如此。本詩題為「木居士」，作為諷刺官場的病態是不錯的，王鳴盛以為「自寓」，便是「自嘲宦途顛沛」的意思，說木塊刻成神像的榮耀，和斷棄在溝中的汙辱是不能比的，然而在仕途顛沛的人，懷才不遇，等到遇到賞識你的人時，你早已像被燒焦的桐木了，我現在心力憔悴，如同朽蠹了似的，再受不住刀鋸的力量，縱使有一位巧匠賞識我，還能有什麼作為呢？

這詩據王元啟《讀韓記疑》的考證，作於貞元二十一年，那時韓愈被貶連州而獲赦令，夏秋間自郴州赴衡州，在路上題這首詩，當時正是太子即位，王叔文、王伾都被貶黜了，所以解釋作「自寓」，是比較恰切的。

風折花枝

浮豔侵天難就看，清香撲地只遙聞。春風也是多情思，故揀繁枝折贈君。

欣賞

一般人寫「風折花枝」這類的題目，大都是興起殘英零落的感傷，本詩卻從另一個角度，把落花的情思寫得纏綿撩人，「風折花枝」是一個極狹小的題目，倘不能使它「小中見大」，很不容易成為佳作。

韓愈用第一句暗寫花在樹上盛開，第二句暗寫吹折在地上的花枝，第三句明說「風」，第四句明說「折花枝」，四句都切著題目，朱彝尊批評說：「出意新，上二句喚下意，亦佳」，指出了本詩的兩個優點。

「浮豔侵天難就看」，用「侵天」來誇張花的盛開，雖是盛開，卻在高樹，很難就近去看它；「清香撲地只遙聞」，用「撲地」來誇張香氣的濃郁，雖是濃郁，卻在遠處，只能遠遠地聞香，因為「難就看，只遙聞」，所以說春風也是多情思的，特地揀選繁花開滿的一枝，吹折下來贈送給你。

把無情的事物託為有情，是最易生動的「擬人法」，何況把抽象的「春風」寫成一個會「折花送人」的人物，更覺情致撩人。

「春風也是多情思，故揀繁枝折贈君」，是故意作一種純主觀的推理，與常情常理不合，來產生趣味，前人稱之為「無理而妙」，如韓愈的〈春雪〉詩：

「新年都未有芳華，二月初驚見草芽，白雪卻嫌春色晚，故穿庭樹作飛花。」故意替白雪別為推理，說白雪卻嫌春色來得太晚，所以自己穿過庭樹來作飛花了，和本詩的運意方式有異曲同工之妙。

盆　池　（五首錄一）

池光天影共青青，拍岸纔添水數瓶。且待夜深明月去，試看涵泳幾多星。

欣賞

前人作詩文有「寬題窄做」，「窄題寬做」的巧訣，說對於寬廣的題目，必須著重其中的一端描寫，才不致漫衍忘歸；對於狹窄的題目，必須往寬闊處推想，突破枯窘的思路，使靈心四映，方見精采。

像本詩「盆池」這個題目，也很窄小，難發議論，難布情景，必須細細涵泳一番，推向題外，方能連作五首，仍覺情味有餘。

這首詩把天上的景物都寫到盆池裡去，說：天影青青，池光也青青，在盆池中纔添幾瓶水，就掀起了拍岸的波瀾，盆池雖小，你等待到夜深明月歸去以後，試去看看它，其中涵泳著多少的星星。把一個小小的盆池中，寫得南箕北斗，風雅十分，黃鉞在《昌黎詩增注證訛》中說：「且待夜深明月去，試看涵泳幾多星，小中見大，有於人何所不容景象」，又把它的含意推想到浩闊的胸次上去，更加灑脫無比了。

柳宗元詩欣賞

柳宗元的詩，有奇麗工壯的一面，有玄澹出俗的一面，《西溪詩話》用「雄深簡淡」來該括他的詩境，正足以說明柳詩有些刻削工緻，有些蕭散自然。想來一個秉性雄健的人，竟年流放南土，自然在澹泊之中仍隱藏不住那股清勁剛直的意氣。

柳宗元，字子厚，其先蓋河東人，後人尊稱為柳河東。少時聰警絕眾，貞元九年，十七歲得進士第，十九年為監察御史里行。順宗時，王叔文又擢拔子厚為禮部員外郎。子厚為人俊傑廉悍，鋒芒畢露，至是名聲日顯，方期大用，會叔文黨敗，子厚與同輩七人俱貶，柳氏先貶邵州刺史，復貶為永州司馬，元和十年徙為柳州刺史，十四年卒，年四十七，世號為柳柳州。

世人對於柳宗元的文章，常與韓文並稱，但對柳宗元的詩，很少注意。自從蘇東坡說：「李杜之後，獨韋應物、柳宗元發纖穠於簡古，寄至味於澹泊，非餘子所及。」才把柳詩的地位確立。曾季貍遂說：「前人論詩，初不知有韋蘇州柳子厚，至東坡發此秘，遂以韋柳配淵明。」並以為柳詩「蕭散簡遠、穠纖合度，寘之淵明集中，不復可辨」（見《艇齋詩話》）。然而我以為柳詩自有他自己的面目，不必和陶靖節相同。

陳知柔《休齋詩話》說他的小詩「幻眇清妍」，長詩則不如韓愈的雍容。張戒《歲寒堂詩話》也說：「柳柳州詩，字字如珠玉，精則精矣，然不若退之之變態百出也。」所評大致允當，然而柳詩並不是全不如韓詩，《唐才子傳》說退之之「豪放奇險」勝柳詩，而「溫厲靖深」則不及，可見柳詩自有他的特色。下面選幾首「小詩」來欣賞：

柳州城西北隅種甘樹

手種黃甘二百株，春來新葉徧城隅。方同楚客憐皇樹，不學荊州利木奴。
幾歲開花聞噴雪，何人摘實見垂珠。若教坐待成林日，滋味還堪養老夫。

欣賞

題為「種甘樹」，唐人橘樹甘（柑）樹可互稱。這詩起首就題意平實寫下：說親手種了黃色的柑橘二百株，一到春天，新葉長偏了城曲。種橘子樹原只是很通常的事，於是就橘樹聯想到二件事：一件是屈原被貶謫後，曾自比志節如南方的橘樹。一件是丹陽太守李衡曾種柑千株，呼為千頭木奴，利貽子孫。說：我正同楚客屈原一樣憐愛后皇的橘樹，所以才種柑樹，並不是學李衡那樣，在武陵龍陽洲上種千頭木奴，以便獲利。這兩件事一經湊合起來，使種柑樹一事，寓有極深刻的含意了。

於是又再設想：幾年以後，橘樹會開雪白的花，教人聞到香噴噴的氣味，那時是什麼人去摘果實，一撩開密葉，就可以看見珠樣垂著的柑橘！這種用設想的方法，無中生有，是完全從虛處著筆的。

聞花香、摘垂實，本來是不知道要到幾年以後，也不知道是屬於那一個人，總之，不希望仍是我自己！要不然，貶謫在這兒未免太久了！照常情來寫，結句應該把這個早日還家的願望表達出來，但是柳宗元卻把這種悲傷的念頭，強行抑住，反而說：如果在這裡有一天橘樹成林了，相信它的滋味，一定能滋養老年的我吧？姚薑塢以為全詩是結尾最妙，他說：「結句自傷遷謫之久，恐見甘之成林也。而託詞反平緩，故佳」（見《援鶉堂筆記》）。姚氏所指出的佳處，正是合乎「吞吐」的語法，這樣欲吐還吞，茹咽不說，實在比說了更加動人。

「方同楚客憐皇樹」，是用屈原〈九章〉裡〈橘頌〉的意思，橘頌曰：「后皇嘉樹，橘來服兮。受命不遷，生南國兮。深固難徙，更壹志兮。綠葉素榮，紛其可喜兮。……」柳詩的楚客是指屈原，皇樹就是后皇嘉樹，是楚王喜好的橘樹。橘是生在江南、不可移徙的，若種於北地，便化而為枳。這種專一難改的志節，屈原用來自比，子厚貶至柳州，和屈原的處境相類，所以說「方同楚客憐皇樹。」

他另有一首題為「南中榮橘柚」的詩道：「橘柚懷貞質，受命此炎方，密林耀朱綠，晚歲有餘芳。……」亦是在讚歎橘樹「受命炎方，壹志難徙」的志節，用以自歎的。張九齡也有感遇詩寫這個意思：「江南有丹橘，經冬猶綠林，豈伊地氣暖，自有歲寒心，可以薦嘉客，奈何阻重深。……」柳詩顯然是和張詩取意相同。

「不學荊州利木奴」，是用襄陽記所載丹陽太守李衡種柑千樹的典故，李衡臨死時敕訓他的兒子說：「吾州里有千頭木奴，亦足用矣。」後來柑橘果然長成，每年可賣得數千疋絹的代價（見《初學記》及《御覽》引）。子厚用這典故，但以「不學」二字來否定，是說種柑樹二百株，只是為了憐愛它的志節，不是為了圖利。

「方同」、「不學」在律詩中，都屬於轉折用的「虛字」，這種虛字的用法，最好是取意一正一反，才能搖曳生姿，像「方同」是正面的，「不學」是反面的，後人為了熟識古人轉折的技巧，常特別蒐集古人的轉折虛字來研究，你如果也這樣做，必能發現凡為佳作，大都是用一正一反構成的。

「幾歲開花聞噴雪，何人摘實見垂珠」，這二句雖是在設想將來花香滿樹、結子滿枝的情景，事實上，也多少帶有一些自比的意味，謂花香如此、味甘如此，是不是一定會有人去欣賞它呢？屈原寫橘頌，就是在「自喻才德如橘樹，亦異於眾」（見《楚辭》王逸注）。而詩品所錄古詩：「橘柚垂華實，乃在深山側，聞君好我甘，竊獨自彫飾，委身玉盤中，歷年冀見食。……」也是取意才德出眾而無人賞識，張九齡說「可以薦嘉客，奈何阻重深」，亦是一樣。子厚設想柑橘開花結實，在南方懷著堅貞的志節，當然也是在惋惜它有著出眾的才德，但不知有誰會去賞識呀。

可惜天賦貞質的橘樹，滋味甘美，異於眾木，未必有人賞識，於是自己感懷身世，特別對橘樹憐惜，又恐怕自己在南土遷謫太久，會坐待樹苗成林，仍流落在這兒，於是故意寬慰自解地說：如果坐待橘樹成林，那麼橘子甘美的滋味，也可以滋養我的老年了！這樣，一方面說橘樹到時候不會沒有知音賞識，一方面把自己的辛酸，都藏向言外。蘇東坡說柳詩「憂中有樂，樂中有憂，蓋絕妙古今」，沈歸愚說柳詩「不怨而怨，怨而不怨，行間言外，時或遇之」，正是柳詩的妙處。

附帶值得一提的是：從第三句到第七句，起首二字用「方同」、「不學」、「幾歲」、「何人」、「若教」，句法類似，所以第八句萬不可再用二個轉折的虛字，若仍用「還堪」二字起首作句，姑不論其平仄合否，在句型上過分重複，是忌諱的。

梅雨

梅實迎時雨，蒼茫值晚春。愁深楚猿夜，夢斷越雞晨。
海霧連南極，江雲暗北津。素衣今盡化，非為帝京塵。

欣賞

全詩寫梅雨季節中身處異鄉的見聞與感觸。說：梅子初黃，霪雨不絕，在這晚春的時節，蒼茫陰暗。夜裡有楚猿的啼聲，加深了愁思；早晨有越雞的啼鳴，打斷了殘夢。向南方眺望，海上的霧氣一直連到南極；向北方眺望，江上的黑雲遮暗了渡津。我雪白的衣服現在都變成黝黑的了，這不是京城的風塵把它染汙，而是梅雨所沾黑的。

起首二句，一般以標明時間空間為多，這詩「梅實迎時雨，蒼茫值晚春」

標出了晚春梅子結實時霪雨的季節，而空間是海霧江雲，一片蒼茫。「迎時雨」是黃梅的前一階段（見《風俗通》），初入梅雨的時節，已夠煩人，更何況是花落春盡、海天茫茫，遷客在異鄉呢！

「愁深楚猿夜，夢斷越雞晨」，是寫所聞。楚地的猿聲甚哀，愁人在夜晚聽來，不須秋天，已覺不堪。柳宗元另有一首〈入黃溪聞猿〉詩：「溪路千里曲，哀猿何處鳴，孤臣淚已盡，虛作斷腸聲。」寫得更加悲傷。在早晨，越地的雞鳴又敲斷了殘夢，整夜是異鄉的聲音，教人心魄驚動，黯然消魂。越雞取對楚猿，不當作小雞解，且柳詩屢言越字，如「共來百越文身地」、「越絕孤城千萬峰」，柳州稱越，因為越、粵二字在古時是通用的。

雞、猿二字，皆為平聲，本不能取對，且「愁深楚猿夜」五字，平仄不協。這是五言律詩平起的拗句，第四字拗平，則第三字必須用仄聲來當句自救。且只限於上面的出句，不可用於下面的對句。「愁深楚猿夜」一句，楚字是仄聲，是以三四平仄互換，將「平平平仄仄」的句式變成「平平仄平仄」，這種救法必須講究，不然就「落調」。

「海霧連南極，江雲暗北津」，是寫所見，雖是所見，卻將困蹇窮阨的境遇，暗暗比出。說南方是海霧無垠，不堪久處，北方是江雲屯聚，河津難渡。歸路既渺，四顧茫茫，縱使初心未改，而年華如水，早年踔厲慷慨的意氣，被消磨在悲歎閒散之中。所以說「素衣今盡化，非為帝京塵」，意謂我潔白的初服，若被帝京的風塵所染汙，那還算是值得的，可惜放蕩在南疆，徒然讓梅雨把素衣沾黑了！寫到這兒，實在已十分悲痛。《蔡寬夫詩話》批評說：「子厚之貶，其憂悲憔悴之歎，發於詩者，特為酸楚，閔己傷志，固君子所不免，然亦何至是！卒以憤死，未為達理也。」把柳詩的缺點指了出來，由此我們也可以了解柳詩有時在形貌上像陶詩，而實質上是有所不同的。

「素衣今盡化，非為帝京塵」，是取前人的詩意，而翻疊生情。陸士衡詩：「京洛多風塵，素衣化為緇。」謝朓詩：「誰能久京洛，緇塵染素衣。」都是可惜素衣被京洛的風塵所汙，而子厚卻可惜素衣在梅雨裡化成緇衣，若是被帝京的風塵所染，也還值得呀！這樣翻一筆，更覺寄興深微。

蔣之翹總論本詩曰：「此詩頗有氣格，可駕中唐，論者乃以為不減老杜，又太過也。」其實各就一首詩來論，不能比較二位作者的高下，單就這首詩來說，說它不減老杜，又何嘗太過？在杜甫的集子裡，又何嘗首首都勝於柳詩？東坡曾說：「今人學杜甫詩，僅得其麤俗而已。」黃子雲以為東坡所說是指杜甫早年的作品（見《野鴻詩的》）。可見杜甫早年的詩作，又何嘗首首深微老到。吳雷發說得好：「一首一句，未必便能定人高下。……不知古人以詩名者，集中儘有平庸之處，亦有畢世吟哦，僅得一二名句者，何可以概論」（見《說詩菅蒯》）。可知單舉〈梅雨〉一詩，不必比杜詩遜色，只是杜詩佳作如林，計其總和，允推巨擘。

與浩初上人同看山寄京華親故

海畔尖山似劍鋩，秋來處處割愁腸。若為化得身千億，散作峰頭望故鄉。

欣賞

這是一首屬於雄悍悲壯一類的詩。起首二句「海畔尖山似劍鋩，秋來處處割愁腸」，不僅比擬新穎，且使深痛之情，率直吐露。子厚寫這一類的句子不少，它如「林邑東迴山似戟，牂牁南下水如湯」、「嶺樹重遮千里目，江流曲似九迴腸」、「一身去國六千里，萬死投荒十二年」，都雄悍無比。《西溪詩話》說讀柳詩時，「似入武庫，但覺森嚴。」這大概和子厚的為人有關，韓愈在〈柳子厚墓誌銘〉中說他為人「俊傑廉悍、踔厲風發」，詩中也時時表現出他的面目。說海畔尖山猶似劍的鋒芒，一到秋天，處處觸目驚心，禁不住愁腸如割。

如果能讓我化身成千億個，那末千億個我，會一齊散在刀山般的峰頭上，望我的故鄉！

這種心情，真是「身雖未死，而已在刀山」。說他思鄉的痛苦，就像站在刀山上，縱使有一千個我，有一萬個我，個個都要站在峰頭上望故鄉。也就是說，我若有一千個意願，一萬個意願，那只是思鄉！只是思鄉！試想有一幅畫面：有千萬人站在蕭瑟的秋山上，默然不語，黯然望鄉，漫天飛起了黃葉，愁腸如割，那將是怎樣感人的場面，更何況這千萬人都是他一人的化身，個個都是他呢！

雖然，題目已點明是「寄京華親故」，而四句詩也寫得很明白，但是蔣之翹仍批評它為「意旨恍惚，是自無聊之詞。」這是由於三四兩句的造意甚新麗，幾乎令人無法譯解，而這種恍恍惚惚的幻想，反使百無聊賴、痛苦無依的寂寞愁情，整個呈現出來了。

「若為化得身千億，散作峰頭望故鄉」，加以峰頭尖如劍芒，這樣的思鄉句子，已十分淒厲。比起子厚其他的思鄉詩，情味迥然不同，如〈聞黃鸝〉詩：「一聲夢斷楚江曲，滿眼故園春草綠」，《漁隱叢話》說它感物懷土，有不盡的情味。又如〈零陵早春〉詩：「問春從此去，幾日到秦原，憑寄還鄉夢，殷勤入故園。」劉辰翁說它句句精切。想來在秋日思鄉，自不能像春天思鄉那樣的蘊藉委婉了！

這種吐句雄直而抒情淒厲的詩，在唐人的作品裡不常見，倒成為宋詩最喜走的路子。我們看陸游《老學庵筆記》上記載著：蘇東坡在嶺海間，最喜讀陶淵明、柳子厚二集，謂為「南遷二友」（見卷九）。而蘇氏所欣賞的，即是本詩的首二句之類，東坡曾用子厚詩作一對，下聯為「割愁還有劍鋩山」（見卷二）。可見東坡對起首兩句的偏愛。明代的焦竑曾說：「此詩子厚已開宋人門戶，故為子瞻所取。」可說是一語中的。柳宗元這一首詩，對於後來宋詩的影響，自有深遠的作用。

夏晝偶作

南州溽暑醉如酒，隱几熟眠開北牖。日午獨覺無餘聲，山童隔竹敲茶臼。

欣賞

夏景是最難描寫的，古來寫夏景的詩不多，而能表現閒適的作品更少。這首詩寫身在南方的閒適情景，頗為成功。第一句寫南國地方，溽暑薰人，教人慵懶欲眠，正像醉了酒一樣，比擬得相當具體。

夏日炎炎，於是倚在几上熟眠，把北牖打開，因為門戶朝南，開牖正可以通引南風，在中午獨自醒來，聽不到別的聲音，只有竹林的那邊，傳來山童敲搗茶臼的單調聲響。唐人飲茶，是先把茶葉搗末作餅，和後代泡芽茶不同，所以山童在用杵臼敲茶葉。

這首詩的好處，就是把一幅閒散的景象，寫得大有畫意。陳振孫曾說：「柳宗元詩與王摩詰、韋應物相上下，頗有陶家風氣。」《西溪詩話》也說他「直揖陶謝」，蘇東坡也說：「子厚詩在陶淵明下，韋蘇州上。」都將柳詩與陶詩相並列。這倒不是柳有意學陶，該是他們棄隱山野的遭遇相近，又同愛古調的緣故吧？黃徹在《碧溪詩話》中說：子厚「日午山童」二句，須待閒棄山間累年，方得領略此詩氣味。也就是說：必待身臨其境，才能領悟它描繪得有多麼適切。

胡應麟很欣賞這詩的末二句，他說：「此詩後二句，意亦幽閒。」謝榛在《四溟詩話》裡更把這二句去和李洞的「藥杵聲中搗殘夢」相比較，以為李不如柳。我們細心地去品賞，自能體味出李詩遠不如柳詩的地方，就在「幽閒」二字，柳詩蕭散自然，「搗殘夢」三字不夠幽適。

這詩的另一特色是以仄聲為韻腳，仄聲為韻腳比平聲難出色。而范晞文《對牀夜語》更以為「七言仄韻，尤難於五言。」因為仄韻不響亮，七言的句型較長，用仄韻而能琅琅上口，當然更難。但是我倒覺得：寫幽適靜寂的境界，用仄聲為韻腳，有時反覺得氣氛更調和。

范晞文又曾舉長孫佐輔的詩道：「獨訪山家歇還涉，茆屋斜連隔松葉，主人聞語未開門，遶籬野菜飛黃蝶。」是用仄韻的七言詩，曾有好事者繪成圖畫，范氏接著又舉柳子厚此詩，並說：「言思爽脫，信不在前詩下」（見卷四）。是說這詩也極瀟脫，也同樣可以作畫。

前人對柳詩的批評，當然也不限於好的方面，像顧華玉曾以「無味」二字來指謫這詩的短處，而蔣之翹也同意顧氏的看法。王弇州更說柳詩的近體，與古詩相較，「尤卑凡不稱」，這些批評，也自有他們的道理。陸時雍在《詩鏡總論》中說：「詩貴真，詩之真趣，又在意似之間，認真，則又死矣。柳子厚過於真，所以多直而寡委也。」陸氏的評論，切中子厚近體詩的缺點，這首詩所以被譏為「無味」，就是因為過於求真，不免缺少委曲蘊藉的意味了。

江雪

千山鳥飛絕，萬逕人蹤滅。孤舟簑笠翁，獨釣寒江雪。

欣賞

前面選了初春種樹、晚春坐雨、夏眠獨覺、秋日登山等詩，下面再欣賞一首冬日的詩。

全詩的結構：上二句就題目的「雪」字寫；下二句就題目的「江」字寫，結尾「江雪」二字，合筆束題，總收全詩。

首二句寫得十分奇險，「千山鳥飛絕」是從上空寫；「萬逕人蹤滅」是從地下寫，但都暗藏著「雪」字，章燮謂首句是「詠山暗雪字」，次句是「詠郊原暗雪字」，因為大雪霏霏，所以飛鳥絕跡，更見不到人蹤，這二句已把一幅雪景畫得廣袤千里了。

首二句幾乎是略無生氣，一片銀白，下二句才把生物點綴出來，第三句寫漁翁，第四句寫獨釣，雖是靜寂不動，但在冰酷嚴寒、絕無生氣的環境裡，已綻出了多少的悠閒與詩意！所以范晞文曾說：「唐人五言四句，除柳子厚釣雪一詩之外，極少佳者」（見《對牀夜語》卷四）。幾乎把柳氏這二十個字，作為唐人五言絕句的壓卷詩了。

此外，這首詩還有一個特點，就是在處理空間的變化上很特別，張夢機曾剖析道：「千山萬徑，氣象闊大，孤舟漁翁，垂綸江雪，畫面逐漸收縮」（見《近體詩發凡》）。我們看全詩的畫面，由空廓的千山，而轉入地面的萬逕；由縱橫的萬逕，而轉入一葉孤舟；由孤舟又縮小到簑笠翁的身上，由簑笠翁而縮小到一根釣竿上。把整個冰天雪地裡的意趣，濃縮在一根釣竿的尖端，如何不教人喝采！

末尾二句，蘇東坡曾取來和鄭谷詩「江上晚來堪畫處，漁人披得一簑歸」

相比較，蘇氏以為鄭詩只是「村學中語」，而柳詩乃是「殆天所賦，不可及。」其間高下，在「人性有隔」（見《書鄭谷詩》）。蘇氏的抑揚褒貶，相信是略為過分了些。而蔣之翹則以為「此詩特落句五字，寫得悠然，故小有致耳」，認為這詩的好處，只在結尾五字小有情致而已，更認為千山萬逕兩句，雜入「村學詩」中，也不能辨別（見《柳河東集輯注》）。則又未曾能領略全詩的妙諦。

前人對於這首詩有所批評的，還有許多家，如錢振璜《詩話》云：「上兩句措筆太重則有之，下二句天生清峭。」錢氏不否認上二句措筆過重，與下句清峭不調和，故亦主張全詩好在下二句。而蘅塘退士卻說：「二十字可作二十層，卻是一片，故奇。」退士評這詩，已能欣賞出全首的精神：雖是一句說山、一句說逕、一句說舟、一句說雪，而它的境界正像一個倒置的三角形，從千山萬逕，會聚到釣綸邊的雪花上來，構思是聯貫一氣，很奇妙的。

不過，胡應麟曾站在全詩的神韻方面來批評，他又有另一種看法，他說：「千山鳥飛絕二十字，骨力豪上，句格天成，然律之以輞川諸作，便覺太鬧。」

我們試以王維或孟浩然的作品來和這詩比較，的確會覺得柳詩「發纖穠於簡古」的效果，與王孟不同。

賈島詩欣賞

賈島的詩，清真幽細。由於他專務寫實，不尚空想；專務自創，不藉陳言，所以多取眼前的景物作為詩材。這種致力於白描而摒棄用典的句子，除了靠詩人用敏銳的觀察和切身的感受去苦心敲打外，不能借詞藻與故事的堆砌來作為憑藉的。

賈島字浪仙，嘗為遂州長江縣主簿，故人號賈長江。初因屢敗於文場，囊篋空乏，去為浮屠，僧名無本。三十三歲時島在東都洛陽，謁見韓愈，愈憐其才，使反俗應舉，並教以文法，至四十四歲中進士。及第不久，突罹飛謗，時與平曾等並號「舉場十惡」，復謂僻澀之才無所采用，一同貶去。晚年授長江簿，後遷普州司倉，卒年六十五（《新唐書・本傳》及《帝京景物略》並云卒年五十六，李嘉言《賈島年譜》已證五十六當為六十五之誤倒），臨終之日，家無一錢，唯病驢古琴而已。

島因處境清寒，又喜取日常事物入詩，自然所寫多為酸苦窮瘦的描摹。加以不食葷血，多交僧道，詩中山林之氣更濃。張文潛說他「以刻琢窮苦之言為工」，司空圖說他「附寒澀方可置才」，至蘇東坡更以一個「瘦」字來評島詩，對賈詩的體認都極深刻。當然，「瘦」、「窮」、「寒」是賈詩的特點，並不即是賈詩的缺點，盧文弨說：「昔人以瘦評島，夫瘦豈易幾也？彼臃腫蹣跚者，正苦不能瘦耳。」盧氏雖在替島辯護，仍然承認「瘦」是賈的特殊風格。此外，賈詩對寫景寫物，摹狀入細，像盂缽中的宿飯、塵尾上的蒼蠅，那麼樣纖瑣的事物，都可以寫入他的詩裡！

詠懷

縱把書看未省勤，一生生計祗長貧。可能在世無成事，不覺離家作老人。
中嶽深林秋獨往，南原多草夜無鄰。經年抱疾誰來問，野鳥相過啄木頻。

欣賞

這首詩的大意，不外乎在抒發「貧」、「病」、「老」的感觸，由於貧病老，自然就孤獨清寒，這時來詠感懷，必然湧生出一股濃濃的窮酸味道。陸時雍說讀賈島的詩，如嚼寒虀，時有「餘酸薦齒」（見《詩鏡總論》），吳喬說浪仙的詩「酸陋」，讀來如見「囚首垢面之狀」（見《圍爐詩話》），這首詩的意味枯寂衰颯，舉出來正足以代表他的風格面貌。

全詩完全白描，不曾用典，所以意思很淺顯。說：縱使是把書讀了，卻不曾懂得要勤學，這一生的生計也只有長期的貧困罷了。可能我在世界上不會有什麼事業的成就，歲月不知不覺的溜走，離家飄泊，已作了老人。

起首四句一氣直下，五六兩句就當放開出去。說：在秋天，我獨自前往中嶽嵩山的深林中去，或是住在長安，荒草叢生，在這沒有鄰居的地方過夜。這詩的南原即是長安樂遊原南，李嘉言、張友明並謂南原即指島所居昇道坊齋舍之南（見《賈島年譜》及《長江集校注》），當時張籍稱島的寓所為「野居」，而《續玄怪錄》上說「長安昇道坊南街，盡是墟墓，絕無人住」，也可作賈詩的注腳。這二句詩該是指賈島自己或入嵩山，或居長安，都是十分孤寂，貧病之人，自然沒有什麼熱鬧的交往了。《唐才子傳》上說島：「嵩丘有草廬，欲歸未得，逗留長安，雖行坐寢食，苦吟不輟。」由此知道第五句只是虛擬的，第六句才是長安寓所的實景。五六兩句雖也是在抒情，但字面是用寫景表出的，因為頷聯純是抒情，五六常須換作寫景。

結尾最好是新起一個意思，而又能環抱上面的六句，作為收束，才是上乘。

他說：常年抱病在身的人，有誰會來慰問呢？這本是近於「多病故人疏」的意思，然而卻將上面「獨往」、「無鄰」的原因說出了。末句「野鳥相過啄木頻」，說慰問的人，誰也沒見一個，但野鳥飛過，頻頻啄我的屋子，當然是由於屋木朽蛀，無錢髹漆，愈是風雨飄搖，愈是蟲蠹剝落，愈能引起啄木鳥兒的興致囉！末句側寫一筆，酸苦之況，宛在眼前了。

「可能在世無成事，不覺離家作老人」，彷彿是一聯信手拈來的流水對，然而賈島的詩，都是「以苦心孤詣得之」（見李重華《貞一齋詩說》），推敲之間，極具苦心。我們試看賈島另一首寫旅遊的詩，有「舊國別多日，故人無少年」，寫別鄉既久，故人皆老，方虛谷讚美這十字「真奇語也」，海虞馮鈍吟也激賞這詩，而「不覺離家作老人」一句，又將這二句煉合成一句了。又如賈島另一首〈題李凝幽居〉的詩，有「閒居少鄰並，草徑入荒園」句，方氏馮氏也都盛讚此詩，若將這二句鍾鍊成一句，不正和「南原多草夜無鄰」的景況相同麼？這麼一比較，才知道浪仙這些看來平易的句子，都是反覆鍾鍊而成，吳喬說：「賈專寫景，意務雕鏤」，道出了賈詩著力的地方。

賈島曾自道其吟詩的苦況是：「兩句三年得，一吟雙淚流！」這種為了詩的追求，而拋出了青春與生命，是令人深深感動的行為。不過，一般來說，賈島的七言詩，不如他的五言詩出色，五言寫景的律詩，更是他的擅長。方回說：「賈浪仙五言詩律高古，平生用力之至者，七言律詩不逮也」（見《瀛奎律髓》卷四十七）。這話十分正確，其實賈詩的七律，在數量上也少得很，除了那首〈寄韓潮州愈〉的詩，意境宏闊，音節高朗，和本詩同等出色外，七律內可數之作，實在不多。

病 蟬

病蟬飛不得，向我掌中行。折翼猶能薄，酸吟尚極清。
露華凝在腹，塵點誤侵睛。黃雀並鳶鳥，俱懷害爾情。

欣賞

《唐詩紀事》上說：「島久不第，吟病蟬之句，以刺公卿。」由是可以了解這是一首下第時的牢騷之作。把自己比作可憐的病蟬，在作垂死的呻吟。這種消沉、悲憤的詩句，折損了他積極奮鬥的志氣。所以何光遠在《鑑戒錄》中道：「識者以浪仙自認病蟬，是無搏風之分。」前人以詩意過分哀傷，足以折福取禍，以致影響終生的命運。其實人人都會有遭遇失敗的時候，倘若不能堅忍不拔、迎向風雨，反而結鬱悲憤，以為世上得勢的權貴，個個要害他，這樣自怨自艾，必然形成肆侮不遜的脾氣，又動輒以詩文諷刺別人，當然只有使自己的命運更加困蹇，生計益發齟齬，前人說哀激之詩文足以折福，不正是這個道理嗎？

這詩一開始就把題目標出，說：有一隻傷殘的病蟬，欲飛而不得，在我手掌中爬行，牠的翅翼已折斷，但翅翼還勉強附著在身上，牠辛酸的低吟還極清雅，那晶瑩的露珠尚凝結在腹中，而塵埃卻不該侵入了牠的眼睛。唉，這樣一隻自持清高而遭逢不幸的病蟬，就在牠飛不得、看不見的時候，更有黃雀和鳶鳥，都懷著想要去害牠的心思呢！

方回很稱讚這首詩，他說：「賈浪仙詩，得老杜之瘦而用意苦矣。蟬有何病，殆偶見之。託物寄情，喻寒士之不遇也。中四句極其奇澀，而塵點誤侵睛，尤亙古詩人所未道，故曰浪仙用意苦矣。」稱讚這詩能創新意，詩中擬人況己，匠心良苦。

紀曉嵐也曾就這詩加以評賞，他大致同意方氏的解析，但不同意方氏所謂「中四句極其奇澀」的說法，他以為：「次句領下四句，惟在掌中，故得細看細寫，四句極刻畫而自然，不得目以奇澀」（見《瀛奎律髓刊誤》卷二十七）。以為中間四句雖用心雕琢，卻顯得很自然，足見精心撰出，而在布局方面，由第二句的「向我掌中行」，總領了下面四句，病蟬既在掌中，才能觀察牠的折翼，聽到牠的酸吟，至於露華在腹，塵點侵睛，也非在掌中仔細觀察不可。結尾別起一個意思，使憐憫與諷譏的意思，達到了全詩的高潮。

儘管這詩是付出過長期苦吟的代價，格局也細密，但總缺乏一種開闊的氣象，這當然和詩人開闊的胸襟與抱負有關。歐陽修曾笑賈島與孟郊輩道：「堪笑區區郊與島，螢飛露濕吟秋草。」以為窮酸的呻吟，直如秋蟲在草而已。所以嚴羽在《滄浪詩話》中，把郊島去和李白杜甫相比，也說：「李杜數公如金鳷摩海、香象渡河，下視郊島輩，直蟲吟草間耳！」這正指出雙方氣象的不同，前人學詩多宗杜甫，輕視郊島輩，賈島的五言律，雖亦源出杜工部，但只在細小清幽處著力，缺少一種堂堂皇皇的懷抱。我們看杜甫也有寫細小秋蟲的詩，如：「暗飛螢自照，水宿鳥相呼，幸因腐草出，敢近太陽飛。」黃徹以這首杜詩和賈詩相比較，結論說：「子美雖吟詠微物，曾無一點窮氣」，懷抱不同，吐句也自然有別，黃氏所指，正足以說明詩文中氣象的重要。賈島偶然也有像「秋風吹渭水，落葉滿長安」的句子，那是寥寥可數的幾句罷了。

原東居喜唐溫琪頻至

曲江春草生，紫閣雪分明。汲水嘗泉味，聽鐘問寺名。
墨研秋日雨，茶試老僧鐺。地近勞頻訪，烏紗出送迎。

欣賞

題意是說賈島住在長安昇道坊，那兒是樂遊原的東邊，和唐溫琪的居處相近，能與唐氏時相往來，為此感到十分欣喜。

在樂遊原畔的曲江池，是唐代長安名勝的中心，池畔有紫雲樓、芙蓉苑、杏園、慈恩寺……一到春草始生，遊客如雲。這時遙望陝西的紫閣峰，峰上積雪未消，峰雪分明。昇道坊地勢較高，可望見終南山、紫閣、白閣諸峰，也能望見曲江北邊及樂遊原南邊一片無垠的草地。

這時汲些春水，可以嘗新泉的滋味，聽到遠方的鐘聲，就打聽那所寺的名稱。這「聽鐘問寺名」一句中，包含著三種意思：一是說賈島或唐溫琪新來居住，對於這環境還不太熟悉，聽到鐘聲，便索問寺名，充滿著陌生而新鮮的喜悅。二是襯托出曲江池附近，名剎林立，多少樓臺，鐘鼓相聞，分不清鐘聲是從那一所寺裡響起的了。三是由「聽鐘問寺名」句，表出了唐溫琪頻至的題意，因為就中間四句而言：汲水、研墨、試茶，都不足以表明有二個人在一起，只有「聽鐘問寺名」一句，說明了是兩個人在一起。想來賈氏或唐氏，有一人住在原東較久（賈島住入昇道精舍約在四十八歲左右），一聽到鐘聲，便向熟悉當地情形的對方請教寺名。我們一時無法考出唐溫琪的身分（或許是與賈島同榜的狀元張溫琪），不知賈島和他算是「他鄉遇故知」呢？還是新認識一個當地的朋友？總之，對一個客居異地的人來說，有一個常來造訪的朋友，該是多麼高興的事！況且昇道坊一帶十分荒僻，訪客稀少，野鳥倒不少，住在那邊，更加有「聞跫音則喜」的感受了！

「墨研秋日雨，茶試老僧鐺」，說：朋友來了，吟諷戲墨，用墨硯去接秋日的雨水來寫字，並且取一個老僧用的三足鐺來烹茶。前面剛說「春草」，這兒又說「秋雨」，正表明了好友「頻至」，交往日久，所以結尾說「地近勞頻訪，烏紗出送迎」，可見嘗春泉、問寺名、研秋雨、試茶味，都是唐氏頻至時，兩人玩樂的寫照。由於居地相近，勞你頻頻過訪，雖是頻頻過訪，我卻是會戴上具見賓客時的烏紗帽來迎接你！結尾的用意，在說明「會數而禮勤」的敬意，雖只有粗茶相款待，但那種「物薄而情厚」的友誼卻流露在字裡行間，不會因為時時見面，而至於親暱狎玩。

紀曉嵐批評這首詩的結尾說「弱而少味」，這是紀氏不曾能察覺全詩的深意，因為全詩正畫出了君子之交的澹泊，也勾出了風人雅士的生活，結尾用「烏紗」二字，並沒有使詩中摻入了世俗氣，劉威曾作〈冬夜旅懷〉詩道：「無名無位卻無事，醉落烏紗臥夕陽」，用烏紗二字，不也瀟脫有味嗎？況且在這落魄潦倒的時候，那套出席宴會、迎送賓客的禮服，一年能用幾次？用在好友來訪的時候，也可能有些自嘲的寓意哩！

方回對這首詩則評價頗高，他說：「起句十字，自然而佳，中四句，用工而佳，末句放寬，亦大自在。」方回所評，正是賈詩常用的布局方法，賈詩對起句，喜歡平易自然，而對中間四句，極其鍛鍊工緻，後人學賈詩，如李洞、姚合、方干、喻鳧、周賀等人，也都是本著這個布局的原則去學，所謂「五言律起結皆平平，前聯俗語十字，一串帶過，後聯謂之頸聯，極其用工，又忌用事，謂之點鬼簿，惟搜眼前景而深刻思之，所謂吟成五個字，撚斷數莖鬚也」（見《升庵詩話》卷十二）。楊升庵看不起這種把「詩道」弄成定則，弄成狹小的死法，但這些學賈詩的方法，正說明了賈詩的特色。

我們看賈詩中如「絕雀林藏鶻，無人境有猿」、「樹林幽鳥戀，世界此心疎」、「獨樹依岡老，遙峰出草微」、「樹陰終日掃，藥債隔年還」、「鳥從井口出，人自岳陽過」、「獨行潭底影，數息樹邊身」、「地侵山影掃，葉帶露痕書」、「石縫啣枯草，楂根漬古苔」、「鳥宿池邊樹，僧敲月下門」等等，都是不用典故，只搜眼前景物來加以千鍾百鍊的，用這種方法來造句，往往會有一種較高的風格，但不易造成深邃的含意。

如「絕雀」一聯，方回解析道：「謂絕雀之林為藏鶻，無人之境始有猿，一句上本下，一句下本上，詩家不可無此互體。工部詩：林疎黃葉墜，野靜白鷗來，亦似。」由方氏所解，幫助我們了解這些外貌極自然的句子，卻是費了多少匠心的經營！而紀昀則說他「無深意而自然高爽，此由氣格不同。」紀氏道出了賈詩的特點。

又如「樹林」一聯，紀昀評賞道：「不衫不履，風格絕高。」又說：「一比一賦相連而下，奇恣之甚。」這一比一賦，也是一景一情相對，而景中卻又比擬著情思。「獨樹」一聯，馮鈍吟、方回皆以為極其細淡，所謂非「極細人」不易知其微妙。「樹陰」一聯取情與景對，也自有妙手偶得的佳處。「鳥從」一聯，賈島自謂經年乃得句，「獨行」一聯，更自謂二句三年方得，蓋生平得意之作，方回說它是「絕唱」，紀昀也說：「細玩之，果有幽致。」

至於「地侵」一聯，造意幽曲，方回認為極精緻，並說：「無中造有者，掃山影之謂也。微中致著者，書露痕之謂也。人能作此一聯，亦可以名世矣。」把這二句推許得過分高了！「石縫」一聯，用這唧字、漬字，一定費了不少力氣，紀氏說他是「刻意煉出」，亦即方回所說「句眼」之所在。而「鳥宿」一聯，傳說為了「推、敲」二字，不覺衝上了當時京兆尹的車騎至第三節，推敲不定，神遊象外，一至於如此！（相傳京兆尹是韓愈，但推算兩人始識年月，並不吻合。）可見賈詩對於中間四句，不肯用典，但取白描，而極用工力，以上所舉的例子，都從他詩中的中間對句摘出，作詩時他不知聳了多少次肩膀，吟詠時拔掉了多少鬍鬚呢！范晞文在《對牀夜語》中說：「島之詩未必盡高，此心亦良苦矣！」是一句公平的話。

再者，由於賈島年少時極貧窮，做過和尚，後來雖重行返俗，且舉進士，但是仍常常談玄抱佛，與塵外的人士交往，這種交往，反映在他的詩裡，自然也成為一種特色。陸時雍在《詩鏡總論》中說：「賈島衲氣終身不除，語雖佳而氣韻自枯寂耳。」正指出了這種特色。我們看本詩中的「聽鐘問寺名」、「茶試老僧鐺」，在喜見好友的詩中，仍免不了那種枯寂的況味，可見他身雖在長安道坊，心卻在嵩丘草廬之中，《唐才子傳》中記載賈島曾歎息道：「知余素心者，惟終南紫閣諸峰隱者耳！」由是知道賈島為什麼在曲江春草繁生的季節，還一直關心著紫閣峰上的白雪！

古意

碌碌復碌碌，百年雙轉轂！志士終夜心，良馬白日足！
俱為不等閒，誰是知音目？眼中兩行淚，曾弔三獻玉！

欣賞

題為「古意」，在形式上是擬古倣古的，在氣味上是渾厚古樸的，對仗不必工整，而詞意必須清真動人。有時詠前朝故事，有時擬古人句法。這首詩用「碌碌復碌碌」起句，和溫庭筠的古意詩用「莫莫復莫莫」一樣，型式上賈溫都是模擬《古詩十九首》的「行行重行行」，陸士衡、劉休玄都有「擬行行重行行」之作，不題作「古意」，因為內容所寫並為遊子與思婦的事，與古詩全同，所以題作「擬古詩某某」。而賈溫等所作，只取古詩的形式與氣味，內容所寫不限於與古詩相同，所以只叫做「古意」，在南朝時的吳邁遠，已有「古意贈今人」之作，並不須指定某一首古詩來模擬。

這詩雖也是八句，但它的聲律與律詩有異，而韻味與詞氣，都近於古體，盧文弨在《跋長江集》時說「近古」這一點，是賈詩可貴的地方，我們且舉這一首來作為代表。

「碌碌復碌碌，百年雙轉轂」，說百年的人生，像車輛上的轉輪一樣，疾速前駛，但聽那車轂發出碌碌、碌碌的聲音，百年的時光，也就消逝。這「碌碌」

二字，一面模擬轉轂的聲響，一面也雙關著人生的平凡單調，「碌碌」本是在眾庶之中，沒有什麼特出的意思，忙忙碌碌，庸庸碌碌，日月不停地運轉，在芸芸眾生之中，百年的歲月，有幾個人能抓得住不朽的機會？有幾個人遇到了知音的賞識呢？

「志士終夜心，良馬白日足」，為了立功立業，志士們夙興夜寐，夜晚在枕上思量，白天在馬上馳騁，有時整夜發憤，有時晝日奔走，為的是歲月如轉輪，容易蹉跎，志士們有誰甘心碌碌地渡過一生呢？所以接著說「俱為不等閒，誰是知音目？」不論白天夜晚，竭智盡力，都是為了不願渡過平凡的一生，然而誰又是那些志士們的知音呢？誰又有伯樂那樣的眼光，在成群結隊的凡馬中，品鑑出千里馬來？誰又有鍾子期那樣的聽力，在伯牙琴絃的變奏之中，知悉那流水高山的心韻？

唉！想著時光難留，壯志難遂，知音難遇，只有眼中流下兩行清淚，抱守著自己玉樣貞潔而高尚的志節，去忍受世俗的輕蔑與宰割吧！

「眼中兩行淚，曾吊三獻玉」，是用韓非子裡楚人和氏獻玉璞的典故，和氏在楚山中得到一塊未經琢理的璞玉，去獻給厲王，王命玉人檢定，認為是石頭，和氏便因犯了欺誑罪而刖去左足，到了楚武王熊通即位，和氏又獻璞玉，玉人又檢定為石頭，於是再刖去右足，到了文王即位，和氏痛哭了三日三夜，文王問他為什麼哭，和氏說：「我不是為了刖足而悲傷！我悲傷寶玉被人家認為是石頭，悲傷貞士被人家認為是誑人呀！」文王就命玉人琢理這塊璞玉，果然得到了寶璧。賈島借這個典故來自喻，不敢直接自誇所懷的才華像和氏璧一般，所以只說：「我眼中的兩行清淚，曾經是為了同情那個三番獻玉的卞和呀！」

這首詩五六兩句的對仗，並不工整，但這樣反而顯得古樸質直，吳喬在《圍爐詩話》裡批評道：「賈島詩最佳者，終以卷首古意為尤，五言詩實為清絕，有孟襄陽不能過者，其句多深思靜會得之。」吳氏以為這首編列在《長江集》第一首的「古意」詩，是集中最好的作品。

三月晦日贈劉評事

三月正當三十日，風光別我苦吟身。共君今夜不須睡，未到曉鐘猶是春。

欣賞

這是一首在三月的最後一天寫的詩，三十晚沒有月亮，叫做晦日，那天也是一年春季的最後一日，為了送春歸去，便把這偶然觸動的惜春念頭，寫成四句，贈給劉評事。

已到了三月的晚春，更到了最後的三十日，更何況是到了晦日的晚上，一年的春事就將完了！春日明媚的風光，要別我而去了！今夜你和我在一起，讓我們不要就寢，守著剩留的春光，只要曉鐘不曾奏鳴，總還是春天呀！

為了守歲，除夕夜不睡，那是世俗常有的，但已經很夠癡情了。為了伴守殘餘的春光，在三月晦日之夜不睡，除了有些詩人以外，誰有那樣癡情的勁兒呢？然而正因性情愈真，造語便愈切，不必藉假美麗的詞彙和深奧的含意，但憑癡情的話，亦足使人愁絕的。我們看王安石的〈暮春〉詩：「北風吹雨送殘春，南澗朝來綠映人，昨日杏花渾不見，故應隨水到江濱！」寫殘春將盡，而惜花的人，因憐落花都逐流水而去，就應沿著澗湄一直尋到江邊去！又如郝經的〈落花〉詩：「狼藉滿庭君莫掃，且留春色到黃昏！」為了珍惜春光，不忍掃去落花，讓那堆積的落花，挽留住春色，再留片刻，縱使只到黃昏也罷！這些句子，和賈詩同一機杼，都是用癡語來表現清絕愁絕的意態。

「風光別我苦吟身」，賈島把自己形容為苦吟身，這種自供，也是大家所公認的，黃徹說他「詞澀思苦」，這種作品的面目，也是他生活的面目。其實賈氏的自供，好像在「自惜」，實則是「自許」的，張蠙說他「生為明代苦吟身」，王建說他「盡口吟詩坐忍飢」，雖是實況的紀錄，也都寓有欽佩的意味。賈詩在這兒用「苦吟身」三字，必然是作了整個春季的詩，到今夜和春光作別，尤其是苦吟不輟，然而整個春季爛漫的景象，以及殘春零落的風光，一字也不必提及，只須說今夜不睡，守到春盡，那春季撩人眷戀的一面，自然躍躍欲發了！

王世貞在《藝苑卮言》卷四中特別讚賞這首絕句，說：「賈島三月三十日，以拙起，喚出巧意，結語俱堪諷詠。」這「以拙起」是指一二兩句，平平常常。「喚出巧意」，是指三四兩句，第三句造生新意，第四句悠然作結，咀味無窮。賈詩另一首〈友人婚楊氏催粧〉詩：「不知今夕是何夕，催促陽臺近鏡臺，誰道芙蓉水中種，青銅鏡裡一枝開。」同樣是以拙起來喚生巧意，賈島很喜歡用這種手法來寫絕句。

客思

促織聲尖尖似針，更深刺著旅人心。獨言獨語月明裡，驚覺眠童與宿禽。

欣賞

全詩不曾點出「秋」字，讀來一股秋晚濃濃的客愁，已繚繞在小詩上。秋夜充滿了蟋蟀的鳴聲，那鳴聲清亮而尖銳，尖銳得像一根細針，在更深人靜的時候，針樣的刺痛了旅人的心魄。歸心千里，牽動了客愁千縷，我那時只有起來徘徊，對著一輪秋月，遍地霜華，獨言獨語，沒想到我這種行動，驚醒了熟睡的童子，兼連著把夜宿的禽鳥也驚覺了。

這詩的布局非常別致，它就聲音而言，由靜而喧；就人物而言，由少而多。只用四句話，逐句影響，逐句擴充，由小而大，由至細而推廣到無垠！

就聲音來說：從靜穆的夜晚，開始了蟋蟀的爭鳴，由蟋蟀的爭鳴，刺碎了旅人的好夢，又引起了旅人月下的徘徊，自言自語。由旅人的自言自語，又驚起了童子，由旅人與書僮的對話，更驚醒了四周棲宿的禽鳥！由靜而動，像一聯串牽連的音符，敲碎了整個秋夜的靜穆！使這月光皎潔的夜晚，被一縷鄉愁、一聲蟋蟀，譜成了撩人心弦的交響樂。

就人物而言，在這寂靜的秋夜，首先由一根針尖樣的促織鳴聲來挑動，挑開了旅人的心扉，奏起了旅人思鄉的心曲，喚起了旅人。再由旅人的徘徊自語，又喚起了眠童，喚起了宿禽。由一根針尖樣東西，繡成了一幅人與物都將失眠的夜景。逐句擴大，全詩構思的層次是何等巧妙呢！

此外，如將蟋蟀的鳴聲，比擬成針尖，鳴聲是虛的東西，針尖是實的東西，以實物來比虛空的聲響，就能給予讀者一個鮮明具體的印象，說針尖樣地刺著了旅人的心，那種感受，讓人能親身具體地感觸到了！又把二個尖字連著使用，產生了當句頂真的效果。而「尖似針」三字都是齒音字，接在「尖」字下面，更給人一種非常「尖銳」的感受。因為中國的文字，喉音字多含宏大寬闊的感覺，齒音字多含細小尖銳的感覺，為了表現客思的隱痛，接連著用「尖」、

「針」、「刺」一類齒音的字，教人有觸手生棱的感覺，這種音響效果的講究，該是鍛句鍊字最精微的地方了！

李賀詩欣賞

李賀的詩，用「哀豔荒怪」四字形容，最為貼切。因為它一方面炫奇翻異，洗盡俗調；一方面鏤玉雕瓊，鮮豔奪目。他在唐代的詩壇上，曾經妖豔、奇詭、陰冷而匆遽地閃著他瞬息即逝的幽光，像一棵蕈。

李賀字長吉，他是昌谷地方人，所以又尊稱他的詩集為《昌谷集》。他是唐宗室鄭王的孫子，七歲便能詞章，稍長又精於音律，年及弱冠，名動京邑。時常清晨騎驢出遊，旁邊跟著平頭小奴子，替他背一個古錦囊，遇到佳句，立刻記下，投進囊中。他母親常在晚上派婢女去幫他料理紙墨，如果知道囊中詩句太多了，母親就生氣地說：「這孩子一定要把心也嘔出來才肯罷休吧？」

在燈光下，李賀就把一日來的佳句，整理成詩。宋景文曾說：「太白仙才，長吉鬼才。」這是他幽冷險怪的風格所贏得的外號。再加上他悲觀、激動，更使詩蒙上一層不祥的陰影。他曾悲歎地說：「我已二十歲，卻不能得志，一生的愁心，凋謝得像枯蘭了！」果然，在二十七歲時便夭卒了！

當時有一位侍郎李藩，曾蒐輯不少長吉的詩，後來知道長吉有位表兄，便託他搜訪遺散的詩稿，並把已輯好的詩卷交給他代為校勘改正。過了一年，李藩又詢問那位表兄，他卻回答說：「我從小就討厭李賀的傲慢，一直想要報復，所以那些詩稿，已經全部焚燬了！」因此傳下來的歌詩，並不太多，而其體製，大部是樂府和近體糅雜變化而成的。下面略選幾首來作欣賞：

秋來

桐風驚心壯士苦，衰燈絡緯啼寒素。誰看青簡一編書，不遣花蟲粉空蠹。

思牽今夜腸應直，雨冷香魂弔書客。秋墳鬼唱鮑家詩，恨血千年土中碧。

欣賞

李賀的詩中，常愛用「鬼」、「泣」、「苦」、「血」、「死」等字，這首詩裡就用了三個。一股陰森森、冷冰冰的氣氛，給人一種不祥的感覺，用這種情調寫〈秋來〉，不僅充滿了幽僻的鬼氣，且把感傷表現得十分淒厲了。

首二句摹狀秋來搖落之景：秋風一起，梧桐凋零，壯士聞風葉之聲而心驚，興起了凋落的感傷。在黯黯不明的殘燈前，有促織鳴著，說明這是該剪裁秋衣的季節了。

由景物的零落，想起了人也容易萎謝，即使苦心作書，嘔心鏤骨，章鍛句錬，書仍同樣會蕩滅無存。所以說「誰看青簡一編書，不遣花蟲粉空蠹」，問誰能一直看守著殺青後的一編竹簡書，而不讓蠹蟲蛀成空粉呢（用黃陶庵意）。這是感憤的話，人不能常在，書也不能永存，世上那有永恆的東西！

想到人生幾何，詩作難傳，於是長夜不寐，牽腸掛肚，使盤曲的腸子幾乎也被牽成直的了！然而在幽風冷雨之中，彷彿仍有香魂會來憫慰作書的人（用王琦意）。就像秋季墳上的鬼，在唱著鮑照代死者所作的詩篇（用曾益意）。書篇若飽了蠹魚之腹，那時縱使有香魂來相弔，有墳鬼去吟唱，然而這些作書的志士才人抱恨泉壤，愁結難解，千年爾後，仍不磨滅，會像萇弘死後那樣：恨血化為碧玉！

明白了全詩的大意，知道通首是以「凋殘」二字作脈絡的：先從桐葉的凋殘，引發人的凋殘和書的凋殘，結句又像作了一個翻騰的姿態，說書並不凋殘，或許會有鬼去吟唱；人也並不凋殘，或許恨血會化成碧玉！這樣一翻折，更增加了「凋殘」的悲楚！

「秋墳鬼唱鮑家詩，恨血千年土中碧」，是深恐身後的際遇，也這般悲慘。結語如此，不免傷心過分，有乖於「哀而不傷」的原則，抒發秋夜讀書的感懷，實在用不著這般沉痛，所以劉辰翁評道：「只秋夜讀書，自弔其苦，何其險語至此，然無一字不合！」無一字不合，是說整首詩恰好用來自挽，把自己身後的遭遇幾乎言中！

「思牽今夜腸應直」，句法很詭異，黃黎二氏批點本評為「不成句」。「雨冷香魂弔書客」，真是冷極鬼極，使淒涼楚惋之中，平添妖豔幽怪的色彩，然而各家對它的解釋都不一致，事實上也很難作肯定的詮解。所以李賀的詩，就譏彈的一方來批評，可以說他「牛鬼蛇神太甚」（見《珊瑚鉤詩話》），就褒譽的一方來批評，可以說他「遠去筆墨畦徑」（見《唐詩品彙》）及「妙處不必可解」（見劉辰翁評語），但平心而論，李詩畢竟嫌晦澀了一些。然而李詩的晦澀，卻與二十世紀的「現代詩」很相近，李詩的特色是：「所命止一緒，而百靈奔赴，直欲窮人以所不能言，並欲窮人以所不能解」（見方拱乾〈昌谷集註序〉），這和現代詩人們所強調的「詩常持有無數理解的頭緒」（見村野四郎語），主張不避晦澀、用壓縮和省略去改造語言，正巧氣味相投。而李詩中所瀰漫著的憂鬱與絕望，和現代詩人所稱羨的「新的戰慄」，其精神也頗類似。加以李賀的歌詩，有時句型長短，參差變化，韻腳也可轉換，令人「奇澀不厭」（見劉辰翁評語），和現代詩人求新的步調也是一致的。不過，李賀就是李賀，他犯不著沾「現代詩」的光！

此外，結句中的「鬼」字、「血」字，都是不易用的，尤其是「血」字，謝榛說過：「詩中罕用血字，用則流於粗惡」，而李賀的詩中：「恨血千年土中碧」、「衰龍衣點荊卿血」、「青貍哭血寒狐死」、「金虎蹙裘噴血斑」、「曉雲皆血色」、「顏回非血衰」、「涕血不敢論」……一再運用「血」字，還不覺得粗惡，反成了李賀詩的特色之一。

夢天

老兔寒蟾泣天色，雲樓半開壁斜白。玉輪軋露濕團光，鸞珮相逢桂香陌。

黃塵清水三山下，更變千年如走馬。遙望齊州九點煙，一泓海水杯中瀉。

欣賞

這八句詩，就給人一種詰屈幽奧的感覺，不論鍊字和造意，很難找到一句和前人彷彿類似的詩。雖然詰屈幽奧，仍有意緒可尋的。當你了解他的構思遣詞，都在刻意求奇，不肯染上一絲塵俗，才認識他艱苦的「詩心」。方世舉把李賀的詩，比作初離碧海的珊瑚，映在日光中澄鮮耀目，這首〈夢天〉詩便是很適當的例子。

通首詩寫他做夢到月宮去，從天上下望俗世。相傳月裡有蟾蜍與兔，陰陽雙居，兔是長生的，所以說老兔；蟾蜍在廣寒宮中，所以說寒蟾，都是用來稱月亮的。「泣天色」是說迷迷濛濛、露水暗凝的時候。又相傳月亮之中，滿是瓊樓玉宇，然而半為雲掩，瓊玉似的樓宇，斜斜地映著白光，這二句形容月亮初起，先是遠在天末，而夢魂漸漸地接近，望見了月裡的景物。

玉輪本指盈月，在這兒是雙關的，又指月裡的瑤車。鸞珮相逢是寫遇見了嫦娥。嫦娥與桂，都是寫月的字面，先是遙望月中的老兔寒蟾，繼而望見半開的雲樓，再則到了月宮，瑤車輾露，夜光淒迷，而鸞珮鏘鏘，在桂香的陌上，遇見了仙子。這四句寫夢魂奔月時，漸行漸近，月裡的景物，愈來愈清晰：由月色而見雲樓，由雲樓而見瑤車，由瑤車而見鸞珮，所描寫的事物愈見精小，而景物卻在不斷地放大，不斷地接近。這種描寫的手法，不僅是畫面的表出，還像一幅在移近來的圖畫。

前四句寫夢入仙境，後四句寫迴望人間。「黃塵清水三山下，更變千年如走馬」，說在蓬萊、方丈、瀛州三座神山下面的俗世，一會兒變成桑田，揚起了漫漫的黃塵；一會兒變成滄海，化成一片清水。在千年之中，時復更替，但自天上看來，正如白駒過隙，人世皆變易無常，和天上的永恆相比，自又不勝感嘆了！

「遙望齊州九點煙，一泓海水杯中瀉」，「齊」是「中」的意思，「齊州」就是指「中國」。這時置身霄漢，俯視天下，九州只似九朵煙點般的微渺，而大海的洶湧，也只像杯水的瀉動罷了！上面二句說人間時日的短暫，這二句又說空間的促縮，這種遊仙的思想，那裡還有一絲人世貧富榮枯的眷念呢？

全詩的造意既是這般光怪幽奇，使通篇的氣氛恍恍惚惚、如夢如神。加以用入聲作為韻腳，更加濃了夢寐的情調。在用字方面，如「泣天色」、「壁斜白」、「濕團光」、「杯中瀉」，字特新豔，真不像「食煙火人所能辨」的了！二十世紀的「現代詩人」，喜歡表現與日常經驗完全脫節的「心象」，在「心象」的造型方面，儘量避開普通的結合，這一點，和李賀的構思遣詞，是約略相似的。

至於第五句用「三」字，六句用「千」字，七句用「九」字，八句用「一」字，好像有意，好像無意，真是所謂「不拘拘於時眼」吧。前人說李賀的詩，源出《楚騷》，然而只允許李賀學《離騷‧九歌》，卻不允許後人再學李賀，因為王世貞曾說過：像李長吉這樣的詩人，不可以沒有一個，卻不可能再有第二個。誰也學不像李賀的，李賀也可說是一位詩傑了。

出城

雪下桂花稀，啼烏被彈歸。關水乘驢影，秦風帽帶垂。入鄉誠可重，無印自堪悲。卿卿忍相問，鏡中雙淚姿。

欣賞

這是一首句法婉密、描摹入細的詩，描寫自己下第歸來時，失意落魄的情形。

「雪下桂花稀」，寫步出棘闈後的節候。「啼烏被彈歸」，比擬放榜時落第的沮喪。在嚴秋雪花紛飛，桂花稀落的時節，在考場外等待。桂花稀落正暗喻著下第，自唐代以來，秋試登第叫折桂，桂花稀落就是名落孫山了，李賀的詩，時常用一詞來兼攝兩意。待到放榜了，鎩羽空回，像一隻被彈中的啼鳥，受傷哀鳴地歸巢。這個比喻，把落第返鄉者的痛苦，表現得十分強烈。

「關水乘驢影，秦風帽帶垂」二句，寫歸途上蕭索孤寂的情狀。在這個寒雪的季節，乘著一匹偃蹇的驢子回鄉，越關渡水，水中映出了人與驢的影子，那驢背上的人，衣衫散漫，帽帶下垂，容儀都不整飭，獨自在秦地的風沙中跋涉著。這二句把沮喪之狀，寫得很具體。

「入鄉誠可重」，本或作「入鄉試萬里」，但李賀的家鄉在昌谷，離長安不遠，作萬里不妥，況且「試萬里」既難解釋，和下一句也不能對仗。所以黎二樵認為：「大概萬字，古本作万，可與万、誠與試、重與里，字形相似，以致誤書。黎氏所說，和王琦的看法也一致，今依之改定為「誠可重」。

「入鄉誠可重，無印自堪悲」，是一聯「流水對」，說還返故鄉本來是人人認為喜樂的事，但現在卻像蘇秦出遊不利，歸家時的困窘一樣，得不到功名，感愧交集。接著預擬見憐於閨妻的情景：「卿卿忍相問，鏡中雙淚姿。」說妻子忍著淚珠，依舊「親卿愛卿」地勞問，但一照鏡子，她才知道淚珠早已收忍不住，奪眶而出了！梅聖俞說過：「詩之工者，寫難狀之景，如在目前，含不盡之意，見於言外」，這結尾兩句，把夫婦間難寫的摯情一齊吐露出來，情味無窮，可說是詩中的勝境了。

全詩前四句，偏重寫景，但字字又兼寫著情事；後四句偏重寫情，但句句又逼真著處境。首二兩句暗點著落第，三四兩句便把一路上神凝意黯的形相，從水影中勾出來。五六兩句借用了蘇秦初時返鄉、為妻妾所憐笑的故實，於是牽引出結尾兩句閨人憐己的意思。八句次第鋪敘，脈絡相貫，陳式批評李賀的詩，說他「章法妙於起下」，這便是一個最佳的例子。

南園（十三首錄一）

花枝草蔓眼中開，小白長紅越女腮，可憐日暮嫣香落，嫁與春風不用媒。

欣賞

李賀的詩，除了幽冷的鬼仙之語，便多慨嘆自傷之詞，充滿著激動和哀傷。徐獻忠說他得到樂府古詞中「怨鬱博豔之趣」，是不錯的。所以這一首字面絕美的詩，仍是在自喻「容華易落」，在訴說「時不我與」的悲傷！

全詩的大意說：在南園中滿眼是花枝草蔓，那小小白色的、長長紅色的花草，美豔得像越國少女的兩腮，然而眼中剛見花開，瞬息便日暮了，可憐的花瓣飄墜下來，隨風飛舞，如同嫁給春風一樣。花落從風，是無可奈何的事，自然用不著做媒的了。

「花枝草蔓眼中開」，眼中開三字很新巧，姚佺評賞道：「眼中開三字妙，若眼不見花，花不入眼也，有禪味。」姚氏所評，未免「欣賞」得「過火」，不過「眼中開」這樣別致的鍛句法，卻是李詩的特色。李維楨說：「賀詩隻字片語，必新必奇。」像眼中開三字，確是出人意表的。

「小白長紅越女腮」，以花來比女人，以女人來比花，本是數見不鮮的比擬，然而用「小白長紅」來說明「花枝草蔓」；又用「越女腮」來說明「小白長紅」，句法就緊促而不凡。況且「小白長紅」四字非常巧緻，使人耳目一新。

在李賀的詩中，很喜歡用顏色字，而尤其善用「白」字，幾乎有大半的詩，多有顏色字，而「白」字居多。馬位在《秋窗隨筆》中說：「長吉善用白字，如『雄雞一聲天下白』、『吟詩一夜東方白』、『薊門白於水』、『一夜綠房迎白曉』、『一山唯白曉』，皆奇句。」除了馬氏所舉之外，如「涼苑虛庭空澹白」、「雲樓半開壁斜白」、「大行青草上白衫」、「還家白筆未上頭」、「河上無梁空白波」、「玉煙青濕白如幢」、「秋白鮮紅死」、「杯池白魚小」、「九月大野白」……

都很別致。此外，「秋風」也可以說白；「青塚」也可以說白，魚是白魚，虎是白虎，騧是白騧，鹿是白鹿，屋是白屋，草是白草，石是白石，藤是白藤，不知道這位早夭的鬼才詩人，為什麼特別喜用白色來裝飾他的世界呢？

前面二句，一句起，一句承，把南園的花草描寫以後，第三句「可憐日暮嫣香落」便轉開出一個新的意思，「嫁與春風不用媒」是順著第三句轉出的意思，作為收結。因此，就一首絕句而言，婉曲回環，是以第三句為主的。楊仲弘曾說絕句的訣巧是：「起承二句固難，然不過平直敘起矣為佳，從容承之為是，至如宛轉變化工夫，全在第三句，若於此轉變得好，則第四句如順流之」（見《唐音癸籤》引）。長吉的這首詩，體製勻整，頗合楊氏主張的絕句的機杼，可說是七絕的舟正格。

莫種樹

園中莫種樹，種樹四時愁。獨睡南牀月，今秋似去秋。

欣賞

一二兩句用「種樹」上下頂真，四句又重出「秋」字，詞意極為濃縮，但並不覺得曾費力地雕琢過，讀起來反有一種蒼深的古意。

大意說：園中不宜種樹，種了瀟瀟颯颯，風聲滿園，四季都會生愁。又說：獨自睡在南床的月光裡，今年秋季的月色，和去年秋夜的月色一樣，令人生愁。

這四句詩看來分成二片，好像不相貫聯，就像一個畫龍的人，只畫龍首龍腳，露出一鱗半爪，要讓讀者用想像去替他補足。

園裡種了樹，四季都生愁，那末秋季的愁意一定更濃，舉了四季，就不必再說秋季，已教人領略秋來的滋味了。而南牀的月影，皎潔如霜，今秋還似去秋，舉了秋季，就不必再說四季，讓人知道這是秋夜做的詩。

種了樹則四季都愁，秋夜更愁；不種樹則月華增爽，秋夜也愁。去年遷怒於種樹生愁，今年沒樹了，愁心還是一般，可見愁心那裡是真的關涉著種樹呢？

杜牧詩欣賞

杜牧的詩，俊爽直達，加以才情縱橫、擅美音節，故吐句多屬快心露骨的一型。教人讀來覺得「圓快奮急」，別饒韻趣。

杜牧，字牧之，大和二年第進士，後又舉賢良方正科，擢拜侍御史，累遷左補闕，曾歷任黃州、池州、睦州、湖州刺史，復以考功郎中知制誥，遷中書舍人。以仕途論，尚稱平穩，但牧常以未堪大用，怏怏不平，卒年才五十歲，嘗營第宅園林於樊川，著有《樊川集》二十卷。

杜牧容姿俊美，愛好歌舞。放曠疏直，不拘細行。風月韻事，一生皆是。然而他詩情豪邁，語多驚人，後人評他的詩，歸納起來，有四個特點：㈠才氣甚高：杜牧才情，冠絕晚唐，《吟譜》上說：「杜牧詩主才，氣俊思活。」陳振孫《直齋書錄解題》也說：「杜紫微才高，俊邁不羈，其詩有氣，概非晚唐人所能及。」胡元瑞更將杜牧與溫庭筠、李義山、許渾相比較，以為論才氣：許不如李，李不如溫，溫不如杜。對杜牧評價得最高。㈡聲律擅美：如徐獻忠、劉後村、楊升庵都說他詩中，抑揚頓挫之節，尤其所長。並能在當時委靡的聲調中，獨持拗峭。㈢巧句不少：如徐獻忠說他持情頗巧，吳北江說他喜琢奇語等皆是。㈣意多直達：如馮集梧說他語多直達，沒有意為詞晦的弊病。以上四點，大致允當，而識者又以牧詩比擬杜甫，故呼大杜小杜，以為區別。我們就下面所選的幾首詩裡，也可以看出杜牧詩中的四個特點了。

題宣州開元寺水閣閣下宛溪夾溪居人

六朝文物草連空，天澹雲開今古同。鳥去鳥來山色裡，人歌人哭水聲中。

深秋簾幕千家雨，落日樓臺一笛風。惆悵無因見范蠡，參差煙樹五湖東。

欣賞

這首詩是杜牧從揚州禪智寺，渡江而南游，到宣州後作。因為禪智寺是隋代故宮的所在，杜牧在禪智寺曾作「杜陵隋苑已絕國，秋晚南游更渡江」一類的詩，對於六朝文物的荒翳，已啟感慨之端。時在晚秋，江景蕭條，一渡江到宣州，芳草連天，這位多情善感的詩人，便寫下了這首詩。

說：六朝——吳、東晉、宋、齊、梁、陳——以來的衣冠文物，至今何在？只見草色連空。天上是淡淡的雲彩，雲開雲闔，雖變幻無常，卻是今古相同的。在山色裡，一群鳥兒飛去，又一群鳥兒飛來；而在水聲中，一會兒有人唱歌，一會兒有人哭泣。儘管歷代的人們，時歌時泣，歷盡滄桑，心力交瘁，但鳥兒卻悠閒地去來，無感於人世的變幻。這一聯大有陶潛「羨萬物之得時，感吾生之行休」的感慨。所以鳥去鳥來一句，正承接「天澹雲開今古同」而寫；人歌人哭一句，正承接「六朝文物草連空」而寫。

由「人歌人哭」悲喜的兩面，開出五六兩句，「深秋簾幕千家雨」寫人哭，「落日樓臺一笛風」寫人歌。人世一會兒歌、一會兒哭，到頭來，只是芳草連空，把一切埋葬，六朝的盛衰興替，而今留下些什麼！只有無情的水聲山色，只有無情的古往今來！人歌人哭，改變不了天澹雲開，改變不了鳥去鳥來！人生成了悲喜的玩偶，於是想到功成身退的范蠡，能猛地放下富貴榮華的念頭，跳出悲歡得失的宦海，急流勇退，悠然地消失在五湖參差的煙樹裡，我惆悵沒法見到他，他不正如山色裡來去自由的鳥兒嗎？

「六朝文物草連空」，是一句極凝鍊而緊湊的句子，照通常的句法，這麼多意思，必須分成二句寫，而杜牧把它鍛鍊成一句，使下三字，大出上四字的意外，且因第五字「詩眼」的地方，用了一個名詞「草」字來突接上四字，使句子特別有力量。方東樹曾說：「文法以斷為貴，不許一筆平順挨接。」又說：

「古人文法之妙，一言以蔽之，曰語不接而意接。」方氏所說雖是指通篇行文而言，但縮小至一句之內，也有同樣奇妙的效果。

「鳥去鳥來山色裡，人歌人哭水聲中」，用二個人字對二個鳥字，前人稱之為「巧變對」，吳北江曾評這詩的前四句道：「起四句極奇，小杜最喜琢製奇語。」像這種巧句，在小杜的集子裡的確不少，如「欲開未開花，半陰半晴天」、「百戰百勝價，河南河北聞」、「道泰時還泰，時來命不來」、「芳草復芳草，斷腸復斷腸」、「行樂及時時已晚，對酒當歌歌不成」、「省事卻因多事力，無心翻似有心來」，以及一句中重出二字的：「多情卻似總無情」、「流水舊聲人舊耳」、「烈士思酬國士恩」、「四老安劉是滅劉」等等，都是小杜所擅長的傑作。

除了造句新巧以外，這首詩的另一特點，就是在時空交叉的處理上極靈活，整首詩都在時空上著力，「六朝文物」寫時間，「草連空」寫空間；「天澹雲閒」寫空間，「今古同」寫時間；鳥去句寫自由的天地，主要表現空間，人歌句寫滄桑的變幻，主要表現時間；「深秋」寫時間，接著「簾幕千家雨」寫空間，「落日」寫時間，接著「樓臺一笛風」寫空間。惆悵句寫古人不見，在時間上著眼，參差句寫五湖煙樹，在空間上著眼。時空互為錯綜，遂令一座小小開元寺的水閣上，所見的不止是天光山色而已，即古往今來、縱橫千里，無不盡收筆底，不須多抒感慨，而自生許多感慨。王有宗說這首詩：「空靈如蜻蜓點水，不著痕跡」（見《評註十八家詩鈔》），話雖有理，但前人對詩文的評點，總覺得過於抽象，我們還不如說它在時空的轉換上是極其靈活吧。

湖州正初招李郢秀才

行樂及時時已晚，對酒當歌歌不成。千里暮山重疊翠，一溪寒水淺深清。
高人以飲為忙事，浮世除詩盡強名。看著白蘋牙欲吐，雪舟相訪勝閑行。

欣賞

詩題是新年正月初招邀李秀才，而內容寫的仍是隆冬的景象。起首說：行樂應當及時，然而時已嫌晚；對酒應當高歌，然而歌不起來。這是寫隆冬歲暮的感觸，流光容易，冉冉將老，友朋星散，嘉會無多，於是寫下這樣傷感的句子。

「行樂及時時已晚，對酒當歌歌不成」，都是運用「當句翻疊」的手法，「行樂及時」和「對酒當歌」都是前人已有的「陳言」，但用「時已晚」來翻「行樂及時」，用「歌不成」來翻「對酒當歌」，就達到了「推陳出新」的目的，而又將這二句翻生新意的句子綴合作對，更見巧思。並且由於是陳語的綴合，出句與落句，竟都用仄起，不顧常律，這是唐人對律詩的起句不願涉於平泛，而務求警策的例子。

頷聯「千里暮山重疊翠，一溪寒水淺深清」寫江南冬日黃昏的景色，遠山近水，交相映帶。腹聯「高人以飲為忙事，浮世除詩盡強名」寫詩人們的心事，說真正的高士，以飲酒也當作忙事的吧？而浮世之間，除了詩，都不是真的名呀。高人是指李郢，並不曾用典，馮集梧以為用史記犀首的故事，不免穿鑿，古人的聯語，不會上句用典，下句不用典的。此聯下句沒用典，上句也該是白描的。王有宗說五六兩句是「寫李品格」，其實第六句不必單指李郢一人。

五六一聯是把招邀李郢的意思點了出來，希望李秀才不要以飲酒聚會為忙事，讓我們在一起做做詩，除了詩，沒有真實可慰的東西了。我們讀到腹聯二句，才領悟首二兩句，已隱寓著邀約知己前來飲酒吟詩的盼望。所以接著又說：看著白蘋洲傍的白蘋纔欲吐芽，希望你像王子猷一樣，坐著雪舟，前來相訪，須知道，這意義與漫無目的地閑行是不同的呀！

頷聯腹聯，一聯寫景，另一聯寫情，幾乎是律詩的常格。自然，有時情景交融，也不能分別得很清楚。關於律詩的二聯宜分情景這一點，劉大勤曾問王漁洋說：「律詩中二聯，必應分情與景耶？抑可不拘耶？」漁洋答稱：「不論者非，拘泥者亦非，大概二聯中須有次第、有開闔」（見《師友詩傳續錄》）。而蔣山傭則以為律詩中情景二聯，寫作時還要講究「一動一靜」的技巧，他說：「律詩中二聯，往往一聯寫情，一聯即景。情聯多活，活則神氣生動；景聯多板，板則格法端詳。此一定之法，亦自然之文也」（見吳騫《拜經樓詩話》引）。由是可見律詩中二聯在情與景二方面的安排是必須講究的。

像「行樂及時時已晚，對酒當歌歌不成」這一類的句子，算是巧句，也是晚唐詩人的擅長。然而古來論詩諸家，大都看不起晚唐詩的精巧，如沈德潛以為「晚唐人詩，句好而意盡句中矣。」吳騫引蔣山傭的話說：「詩避三巧：巧句、巧意、巧對，三者大家所忌也。」以為大方的詩家不作巧句。而蘇東坡更明白地舉出小杜的詩「深秋簾幕千家雨、落日樓臺一笛風」，評為「寒乞相」，且說：「一覽便盡，初如秀整，熟視無神氣，以其字露也」（見《詩人玉屑》卷十引）。這些批評，並不公平，含蓄是一種美，新巧也是一種美，以此斷論高下，是不適當的。像王有宗就偏說杜牧這二句寫風景，有畫工不到處。薛雪還說它「恃才縱筆，直造老杜門牆」哩（見《一瓢詩話》），那兒有什麼寒乞相！

關於晚唐詩是否一定比不上盛唐詩這一點，葉燮曾說：「王世貞曰：『盛唐主氣，氣完而意不盡；中晚唐主意，意工而氣不甚完，然各有至者。』斯言為能持平」（見原詩）。王氏所說「各有至者」，最為允當，事實上，豈止盛唐晚唐各有各的特色，即使唐詩宋詩，也互有高下，方薰說：「余嘗謂詩盛於唐，至宋元以來，格法始備，論者概以溫柔敦厚、語意含蓄為法則，不悟三百篇亦惟二南有之，餘皆非一格矣」（見《山靜居詩話》）。這麼說來，即使宋元的詩，也有它的長處，我們若一味以盛唐的標準去衡量各代的詩，合則為佳，不合則不佳，那裡能得到公平的審判呢？

寄李起居四韻

楚女梅簪白雪姿，前溪碧水凍醪時。雲罍心凸知難捧，鳳管簧寒不受吹。南國劍眸能盼眄，侍臣香袖愛僛垂。自憐窮律窮途客，正劫孤燈一局棋。

欣賞

據馮集梧的考證，以為李起居就是李郢（見《樊川詩集注》卷三）。那麼這首寄李起居的詩，和前首是同寄給一個人的。想來這時的李秀才，已不是以飲酒為忙事的高士，而是六品以上的起居郎或起居舍人之類的官員了。杜牧自謂是「窮律窮途客」，一定是雖奉官職，怏怏不能得志，這首詩完全用比興體，一面體諒李郢處境的困難，一面寫出自身不平的意思。其中多少在指責當時的權貴，所以不便明說，王有宗云：「想亦感時而作，暗有所指。」那是不錯的。

從字面看來，這是在冬日寫的詩。說有一位楚國的少女，頭上插著梅花，她有白雪一般的容姿。到前溪去汲碧水，用來釀酒，冬日的醪酒正是凍結著的。那少女要捧起彫著雲罍花紋的酒罍，因為罍的中部是凸出的，且加天寒手僵，我能料想她是多麼難以把它捧起。

楚女當然是在比擬李郢及杜牧自己這一類「懷才不遇」的「正派」人物，到第三句「雲罍心凸知難捧」仍是一意緊承起首二句的意思，第四句「鳳管簧寒不受吹」才把所寫的事物遠颺開去，說鳳笙的十三根簧也受到嚴寒的影響，吹奏不動了。這句詩在行文上雖不與上面啣接，但意思仍與上文蟬聯的，這正是所謂「語不接而意接」的技巧。因為雲罍難捧、鳳管難吹，都是在寫仕途的勞拙無功，大概李郢雖任起居的官職，也和杜牧一樣，不能一展所長吧！

「南國劍眸能盼眄，侍臣香袖愛僛垂」，字面上仍寫這位南方楚國的女郎，她清亮的眸光像劍戟的投刺，她是那樣善於顧盼斜眄，然而卻比不上從官侍臣那樣善於跳歪歪倒倒的舞，他們垂著傳香的袖子，更能贏得君王的愛顧。這一聯自然是牢騷更甚，正像他的另一首〈殘春獨來南亭因寄張祜〉詩，寫「高枝百舌太欺烏，帶葉梨花獨送春」一樣，一面咀咒倖進的讒人，巧鼓簧舌，一面憐惜自己及知已們的才華。《唐書・杜牧傳》說他博通古今，善論成敗，為同儕所不及，但「牧以疏直，時無右援者，從兄悰更歷將相，而牧困躓不自振，頗怏怏不平。」我們了解杜牧的處境，便更能體味出他的心境與詩境。

「劍眸」二字，把眸光比作劍刺，是很生動的。韓愈曾作了「清眸刺劍戟」的句子，杜牧正套用韓詩的比擬，小杜詩中受韓愈的影響很大，前人說他在晚唐委靡的詩風中「獨持拗峭」，想來也是受韓詩的感染。再者，「劍眸」是鋒芒四射的，比作為人，也一定是敢作敢為的性格，我們看《唐書・杜牧傳》上說「牧剛直有奇節，不為齪齪小謹，敢論列大事，指陳病利，尤切至。」這種性格，才是「南國劍眸」最好的寫照！李郢與牧氣味相投，也當然都比不上「香袖儆垂」的侍臣那般容易討人歡喜囉。

末尾寫「自憐窮律窮途客，正劫孤燈一局棋」，把自憐的意思說出，說寒冬是可以隨著窮律而改變的，只可惜身處窮途，正如那象徵正月聲律的鳳笙被寒冷凍結，吹不出聲音來改變季候一樣，所以「窮律」二字和第四句相呼應，「窮途」二字和五六一聯相呼應，這第七句是總收上面的意思，合成一筆。「正劫孤燈一局棋」是用一個比擬作為全首的結束，說自己目前雖處於困境，但鬥爭還是不少，正像在黯淡的孤燈下，圍棋的殘局未了，還在爭相打劫哩！

此外，當附帶一提的是：杜牧的詩中，所用的色彩很濃豔，很少有一首詩裡缺掉色彩字的，這大概是各人有各人的喜好習慣吧？吳聿在《觀林詩話》中說杜牧喜用緪字，又喜以竹雨比為羽林。當然，杜牧有他特別喜用的字，如「的的」二字連用，也是屢用，而更喜選「芳草」、「夕陽」作為詩材。但是我認為杜牧的詩中，對於彩色的感受力特強，雖是金碧紫白，各色紛陳，而其中以青、綠、翠、碧的色彩尤所愛好，幾乎絕大部分的詩，多帶有這種色調，其中「碧」字更為多見。如本詩寫溪水的碧，其他各詩中寫碧水的更有：「前溪碧泱泱」、「交橫碧流上」、「下有碧溪水」、「巖泉漲碧塘」、「行人碧溪渡」、「廢寺碧溪上」、「同採碧溪薇」、「章江碧玉奔」、「章江敞碧流」、「絃歌在碧流」、「澤國碧悠悠」、「嫩水碧羅光」、「始發碧江口」、「嚴瀨碧淙淙」、「含情碧谿水」、「碧谿風澹態」、「碧谿留我武關東」、「半溪山水碧羅新」、「漸壓瓊枝凍碧漣」、「蘭溪春盡碧泱泱」、「滿江秋浪碧參差」、「碧池新漲浴嬌鴉」、「波底夕陽金碧明」。而寫碧色雲天的則有「章江聯碧虛」、「天碧臺閣麗」、「碧雲行止躁」、「聲斷碧雲外」、「危幢侵碧霧」、「長空碧杳杳」、「前山極遠碧雲合」、「碧雲天外作冥游」、「碧落搖光霽後來」、「映山帆去碧霞殘」。寫碧色的山者有「碧山終日思無盡」、「攜茶臘月游金碧」（洞名）、「驚飛遠映碧山去」。寫碧色的樓臺者有「斜分碧瓦霜」、「碧簷斜送日」、「城高跨樓滿金碧」、「觚棱金碧照山高」。寫碧色的樹者有「碧樹康莊內」、「杉樹碧為幢」、「紫洞香風吹碧桃」、「處處浮雲臥碧桃」。由此我們可說杜牧的世界是碧綠色的，杜牧喜用碧色，正和李賀喜用白色、溫庭筠喜用紅色一樣，十足象徵著各人的個性。

池州春送前進士蒯希逸

芳草復芳草，斷腸復斷腸。自然堪淚下，何必更殘陽。
楚岸千萬里，燕鴻三兩行。有家歸不得，況舉別君觴。

欣賞

這是一首春日送別朋友的詩，說在芳草之外，還是芳草；斷腸以後，又復斷腸。對著遠接天涯的芳草，已自然教人淚下，恨如春草一般的多，更何須殘陽來催別呢！池州地方的江岸有千萬里長，那飛向北方的燕和鴻，掠過了兩三行，想著我自己是有家也歸不得，在這時候，更何況正高舉著送你回去的酒杯！

這首詩寫得直率暢達，但是悲傷的意思，卻是一層深似一層：見了無垠的芳草已覺斷腸，這是一層，何況又是殘陽，更加斷腸！何況又是燕鴻北歸，更加斷腸！楚岸萬里比擬歸路渺遠，燕鴻可以北歸而我不能，何況又要送走一位知心的朋友，當然益發斷腸！蔣山傭曾說：「律詩中八句，其流動處，轉一句，深一層，乃為合格，若上深下淺，上紆下直，便是不稱」（見《拜經樓詩話》引）。杜牧這首五律，正是「轉一句，深一層」的例子。

本詩的另一特點是音節極其優美，徐獻忠說過：「牧之詩含思悲淒、流情感慨，抑揚頓挫之節，尤其所長。」本詩正可作為代表。然而什麼叫做「抑揚頓挫」的音節呢？張實居（蕭亭）曾說：「以音節為頓挫者，此為第三、第五等句而言耳。蓋字有抑有揚，如平聲為揚，入聲為抑；去聲為揚，上聲為抑。凡單句住腳字，必錯綜用之，方有音節。如以入聲為韻，第三句或用平聲，第五句或用上聲，第七句或用去聲，大約用平聲者多，然亦不可泥，須相其音節變換用之，但不可於入聲韻單句中，再用入聲字住腳耳」（見《師友詩傳續錄》）。張氏所說，雖為七言古詩而發，但推演其理，於律詩的一三五七句末字，換用平上去入四聲字，也同樣可以表現音節，如本詩首句末字因為要連用芳草字，沒有押韻。如果押韻，當用平聲。而三句末字「下」為去聲；五句末字「里」為上聲；七句末字「得」為入聲，依張氏的說法，一三五七句末字錯綜地用平上去入，方有音節，是不錯的。當然這只是產生抑揚頓挫「音節」的方法之一而已。

至於本詩的缺點，我想一首在春日送別朋友的詩，不該寫得這麼傷心！杜牧在池州時自有楚管吳姬、金釵醇酒之樂，像「嘉賓能嘯詠，官妓巧妝梳，逐日愁皆碎，隨時醉有餘」一類的詩，在池州作得不少，而在送薊希逸時，卻顯得這般悲傷，不免有些情過其實。沈德潛曾說：「點染風花，何妨少為失實，若小小送別，而動欲沾巾，聊作旅人，而便云萬里。……以至業處歡娛，忽作窮途之哭，準之立言，皆為失體」（見《說詩晬語》）。用沈氏的話來批評這首詩，是很適宜的。沈氏又說：「用意過深、使氣過厲、抒藻過穠，亦是詩家一病。」這首詩可說是「使氣過厲」的一類了。

汴河阻凍

千里長河初凍時，玉珂瑤珮響參差。浮生恰似冰底水，日夜東流人不知。

欣賞

大意說：千里的汴河，開始凍結的時候，我的行程受到了阻礙。我騎馬到了河邊，無法引渡，那馬勒上的玉珂，衣帶旁的瑤珮，被朔風吹動，發出洞簫般的音響。唉！一切沒有定向的人生，恰似冰河下面的流水，日以繼夜地向東奔流，人們卻不曾警覺呀！

這四句詩的含意是直達的，無煩詳解，杜牧的作品大都如此，像惜春詩寫「誰為駐東流，年年常在手！」又〈題安州浮雲寺樓寄湖州張郎中〉詩寫「當時樓下水，今日到何處？」造意與本詩相近，都是在歎時光不居，浮生無常，都寫得極明顯。所以馮集梧說「牧之詩多直達，以視他人之旁寄曲取，而意為詞晦者，迥乎不侔。」這是馮氏遍注《樊川詩集》以後的心得，對小杜的風格了解得很深刻。

這首詩的重點是放在第三句，第四句只是用來詮釋第三句的。這樣的布局，正是寫七言絕句的秘訣。施均父曾論七絕的作法道：「七絕用意，宜在第三句，第四句只作推宕，或作指點，則神韻自出。若用意在第四句，便易盡矣。」又說：「若一二句用意，三四句全作推宕、作指點，又易空滑。故第三句是轉柁處，求之古人，雖不盡合，然法莫善於此也。」（見錢栔所錄《峴傭說詩》）由施氏的妙訣，可知七言絕句的重點，若放在第一、第二、第四句上，都不如放在第三句那樣出色。

送隱者一絕

無媒徑路草蕭蕭，自古雲林遠市朝。公道世間唯白髮，貴人頭上不曾饒。

欣賞

起首二句是說：你沿著大路一直走去，沒有人同行，也沒有半路上自我介紹的友伴，所見的只有蕭蕭的野草罷了！自古以來，志在雲林的隱士，是必然要遠離市朝的。第三四兩句突然轉出一個新意思來：「公道世間唯白髮，貴人頭上不曾饒」，像是安慰隱者，又像是咀咒顯貴，又像是抒發自己的牢騷。說：在世間最公平的事，唯有白髮，它不分貴賤，即使在貴人的頭上，又何曾饒它！《漁隱叢話》說這是「窮人不偶」時的遣興之作，想來杜牧是在借送隱者的題目，深深道出了慨歎：說公道世間唯白髮，豈不是世間除了白髮，就沒有公道了嗎？世間的人，個個奉承權貴，奈何權貴不得，只有白髮替我們出了一口氣，到頭來，權貴也好，貧賤也好，那一個能不老呢？

這首絕句，仍是以第三句為全首的重點，但比前面的一首更加直露，《秇圃擷餘》中說七言絕句至晚唐而「快心露骨」，每喜發揮議論，已開宋詩的門徑，杜牧這首詩，正可以舉為代表。《唐才子傳》上說：「後人（按即敖陶孫《臞翁詩評》）評牧詩，如銅丸走坂、駿馬注坡。謂圓快奮急。」像這首詩不僅奮急，已近乎粗豪了。

胡元瑞曾看不起這首詩，他以為像「公道世間唯白髮」的句子，攙入議論，和「張打油」相去不遠，一般人還盛稱它工妙，實則受害不淺（見《唐音癸籤》引）。胡氏的看法，不為無理，因為筋骨太露、使氣過厲，便缺少蘊藉，類似打油詩了。《峴傭說詩》中論得好：「七絕亦切忌用剛筆，剛則不韻，即邊塞之作，亦須斂剛於柔，使雄健之章，亦饒頓挫，乃不落粗豪。」給後人創作七絕者，指示了正確的途徑。

李商隱詩欣賞

李商隱的詩，藻采最美，是晚唐詩壇的巨擘。其吐韻鏗鏘，結體森密，獨得老杜的風神。而牢籠萬象、鎔鑄百家，尤有晚出轉精的趨向。朱竹垞說：「詩至義山始稱才子」（見《貞一齋詩說》引）。絕不是偏愛的話。自宋代楊億、劉子儀等，奉商隱為宗師，效其縟麗，相與唱和，遂成西崑詩派。元好問有詩道：「詩家總愛西崑好，只恨無人作鄭箋。」是說李詩婉麗動人，但卻迷離難曉。

李商隱，字義山，自號玉谿生。義山自幼受學於令狐楚，及楚卒，子令狐綯仍多方獎掖，於開成二年登進士第。時王茂元鎮河陽，義山任職掌書記，遂娶茂元女為妻。當時茂元與李德裕交善，李德裕則與令狐氏讎怨，因此，令狐綯怨恨義山背恩，謝絕不與往來。後義山又入鄭亞幕府，亞也是德裕黨人，及令狐綯為相，又將鄭亞貶逐。

義山不幸生於黨人傾軋、宦豎橫行之日，懷才不遇，終身淪落，於是寄情翰墨，借香草美人以抒慨，但因事關權顯，故吐句多掩抑紆迴，淒迷無跡，用事則深僻刻入，墨痕盡化。後人索解頗難，以致鑿說偏見，層出不窮。如〈錦瑟〉等詩，論者紛紜，倘若不先去了解義山生平交往的事跡，憑意附會，便失去「知人論世」的旨歸。

下面只選幾首平暢明白的詩來欣賞，至於隱僻的詩，雖雅麗驚人，亦不舉述。這是筆者選詩的準則，因此，必然有取短捨長的錯失了。

二月二日

二月二日江上行，東風日暖聞吹笙。花鬚柳眼各無賴，紫蝶黃蜂俱有情。

萬里憶歸元亮井，三年從事亞夫營。新灘莫悟遊人意，更作風簷雨夜聲。

欣賞

二月二日是唐時成都的踏青節，前半四句，寫客中的景物，說二月二日在江上遊賞，日暖風和，水上傳來了笙歌，花蕊的鬚、柳絮上的露珠——像啼人的淚眼——隨處飄飛。而紫色的蝴蝶，黃色的蜜蜂，都是那麼多情。這四句寫在江上遊樂，耳目所接，莫非春物，文詞是這般溫雅清逸，使人毫不覺察其中蘊含著濃重的鄉愁。

三四一聯既寫了景物，五六一聯便須寫人事或感情，三四既寫得極細小，五六就要闊大，這是律詩的常法。而前半在暗中鋪排了思鄉的情緒，至五六兩句便逼出憶歸的意思，說此時在萬里之外，浪跡三年，怎麼能不像陶潛一樣，思歸井里；反而像跟隨周勃那般，駐軍在遠方。方東樹以為這首詩是義山二十一歲在東川時懷歸之作。並說：「此即事即景詩也。五六闊大，收妙出場」（見《昭昧詹言》卷十九）。出場是指收結的地方能有出人意表的句子，藉以大放神采。

我們看它的結句是說：春日的景物既已觸動了我的鄉愁，但一想到思歸不得，那江上的灘聲也那麼淒涼無情了，它不了解遊子的苦衷，反而化作風簷夜雨的淒涼聲響。這二句結尾，使全詩增美不少。

這首詩前面四句是用拗句構成的，叫做拗體詩。第三句第五字宜平而用仄；第四句第五字宜仄而用平，這叫做拗救法。

三四兩句「花鬚柳眼」對「紫蝶黃蜂」，字面雖是花柳蜂蝶，卻造得生峭可喜，和一般甜熟的濫調不同。末聯寫「新灘莫悟」，悟字十分出色，這是得力於擬人的手法。

方東樹說本詩頗似杜甫，《峴傭說詩》中更說：「義山七律，得於少陵者深，故穠麗之中，時帶沉鬱。」所說皆允當，由本詩看來，義山早年極力追摹杜詩，是可以想見的。所以王夫之在《唐詩評選》中說它「何所不如杜陵！」

蟬

本以高難飽，徒勞恨費聲。五更疏欲斷，一樹碧無情。
薄宦梗猶泛，故園蕪已平。煩君最相警，我亦舉家清。

欣賞

這首詩在章法上是極周密的，起首四句寫蟬，五六兩句自寫，七句又寫蟬，八句再自寫，以「警」字承結蟬聲；以「清」字承結薄宦，並以「君」、「我」相對牽合，作為結束，稱為雙結法。

首二句陡然而起，不見端倪，「本以高難飽，徒勞恨費聲」，像奇峰突起，風雨驟至，格調已奇妙不凡，且多用虛字作為起筆，更覺別致。句意說身棲清高之地，吸風飲露，本來是無由飽餐的，又何必抱葉長鳴，徒費清聲呢？表面是厭恨蟬聲的徒勞，內容是說自己內心抑不住不平的牢騷。

我們看虞世南〈詠蟬〉的詩作：「居高聲自遠，端不藉秋風。」駱賓王作：「露重飛難進，風多響易沉。」而義山則寫「本以高難飽，徒勞恨費聲。」所以駱鴻凱說虞詩是「清華人語」，駱詩是「患難人語」，李詩則是「牢騷人語」，雖各據勝境，比興不同，卻都是自我懷抱的抒發。

下面又自第二句的「聲」字，引出「五更疏欲斷」句；又自第一句的「高」字，引出「一樹碧無情」句。句意說朝夕嘒嘒地悲鳴，到了五更，白露初涼，聲嘶欲斷，縱有一樹綠蔭，亦無法保身。馮浩說這是比擬自己屢次向令狐氏陳情，表白心跡，而獲不到同情與安頓，可見這詩四句，雖字字寫蟬，實即字字在自況。

而「一樹」句，朱彝尊以為「第四句更奇，令人思路斷絕。」張爾田則以為「一樹句傳題之神，何等高渾。」都對第四句發出了激賞。

前四句既寫了蟬，五六句就宕開去直寫自己；前四句用的是暗寫的筆法，五六句就作正面的表出。「薄宦梗猶泛」，是說自己為了微薄的升斗俸祿，遠仕他鄉，像桃梗刻削成的偶像一般，將隨著雨季的洪水而漂泛不定，無法自保。「故園蕪已平」則是感慨故里的田園已荒蕪，何不歸去呢？我們看「薄宦」二字，正是抱緊了「本以高難飽」的意思；「梗泛」二字，是緊抱著「一樹碧無情」的意思，前人稱之為「雙抱」法。

照五六兩句的意思，好像是要勸自己早作「問舍求田」之計，但結句卻仍舊說明自己窮而益堅的志節。「煩君最相警，我亦舉家清」，說煩你用關切的聲音警惕我，但我全家也和你一樣，有著清廉的操守。上句仍歸到蟬，下句說我和蟬的關係，這樣相對著作結，不必再生感慨，而感嘆無窮了。

義山的詩，大抵都是在巧麗的後面，寓藏著深遠的感慨，不易讓人察覺。所以楊用修曾說：「世人但稱義山詩巧麗，俗覺只見其皮膚耳，高情遠意，皆不識也。」這種評論，當然是把義山的詩推獎備至了。

無　題（二首錄一）

待得郎來月已低，寒暄不道醉如泥。五更又欲向何處，騎馬出門烏夜啼。

欣賞

這首詩原為「留贈畏之三首」之二，因為情事不切合，所以楊致軒、馮浩、紀曉嵐、及《才調集注》都以為原題不妥，今暫依馮浩說，據古本《才調集》及趙氏刊《萬首絕句本》，定作〈無題〉詩。義山的〈無題〉詩特別多，所謂「無題」，並不是沒有題目，而是意有所託，不便明說，才用〈無題〉來標目。錢椠錄施均父評義山的〈無題〉詩道：「〈無題〉詩，多有寄託，以男女比君臣，猶是風人之旨。其間意多沉至，詞不纖佻，非冬郎香奩可比。」正是讚美義山的〈無題〉詩，深得風騷的遺意。

這詩的第一個特點是：四句表面上全是敘事，而實際上卻全在抒情。只說等候你歸來，直等到月已西沉，而你回來時，連噓寒問暖的話都不曾說一句，只是爛醉如泥，但到了五更天還沒亮，你又騎馬出門，這時夜烏四起，啼聲悲切，不知道你又要趕去那裡了！這四句都只在敘述，而那種遭受奚落、不得相見、千言萬語、無由表達的怨恨，不必更著一字，已洋溢紙上了。

第二個特點是借豔情的體裁，寫難於明言的隱情。雖寫豔情，不落入狎昵，而情調絕佳，這正是義山詩的特色。

第三個特點是詩雖單就「含羞等人」的方面寫，而其效果乃是兩方面的表出：一面表出失路者久候不遇時的那種落寞無告的心情，一面又能襯出得意者夜深醉歸、不暇延見的宴樂景況，短短四句，兩兩對照，十分感人。

柳

曾逐東風拂舞筵，樂遊春苑斷腸天。如何肯到清秋日，已帶斜陽又帶蟬。

欣賞

上二句是寫往日的歡樂，但往事不堪追憶；下二句寫如今的憔悴，哀愁重重積聚。張爾田說本詩「通體自傷投老不遇」，是正確的。

全首明裡寫柳，暗裡自況。寫這柳樹曾經逐著東風而拂弄舞筵，在那京城裡最高的樂遊苑中，深受寵愛，以為功名如拾芥，毫不以光陰為可惜。這光彩的往日，一經回思，令人斷腸。現在怎麼會淪落到這個地步：卻肯在這清秋搖落的季節，既帶著殘陽，又帶著寒蟬。比喻自己早年以文采邀人激賞，而今卻不得久官京師，在這遲暮的年歲，羈客蜀地，沉淪飄泊，失意之極，雖蒙府主厚愛，而不覺年華遲暮，少年時踔厲慷慨的壯志雄圖，至今已無能為力了。這種淒斷欲絕的悲傷，都從言外道出，馮浩所謂「有神無跡，任人領味」，義山的詩中，最擅長此種。

馮浩氏復剖析本詩云：「初承梓辟，假府主姓以寄慨。意兼悼亡失意言之，遲暮之傷，沉淪之痛，觸物皆悲，故措詞沉著如許。」是說義山於大中五年赴梓州，當時柳仲郢鎮東蜀，辟義山為節度書記。本詩作於大中九年，義山正在梓州幕府，故借府主柳姓以起興。

這詩三四兩句，用虛字來轉折唱歎，使含思宛轉，相當成功。三句「如何」兩字一開，四句「已」、「又」兩字一闔，李東陽曾說過：詩中的開合呼喚、悠揚委曲，全仗虛字用得妥善。這是深於詩學，才能體會出來的話。再則如第三句的「肯」字，下得很險，下得很新，使詩意益加深曲，也值得讚賞。

月

過水穿樓觸處明，藏人帶樹遠含清。初生欲缺虛惆悵，未必圓時即有情。

欣賞

這四句詩，都是暗寫「月」字，卻不必點出；它像一首謎語，卻和謎語不同；詩意雖然徑直，卻別有深長的韻味。紀曉嵐說它「第二句不成語，後二句亦徑直。」紀氏的評語，下得太輕率了。

第一句從地面上寫月，渡過了水波，穿過了樓臺，凡月光所照，無不明亮。第二句從天空上寫月，月中的黑影像藏著人、帶著樹，遠遠地含著清光。第三句開出一個新的意思：說月在初生的時候，殘缺如弓，人們有感懷於月的盈虛，而空自惆悵的，末句又用翻騰的筆法，說何必為月的虛缺而惆悵呢？縱使月亮在圓盛之時，未必就有情呀！翻騰的筆法，常能開創新思、出人意表，而令文句靈動。

這首詩，題為詠「月」，實在是寫失意之情，我們可以體會出詩裡含蓄著怨恨之意，卻又指明不出在怨恨些什麼，鄭善夫曾說：「詩之妙處，不必說到盡，不必寫到真，而其欲說欲想者，自宛然可想，雖可想而又不可道，斯得風人之旨」（見《焦氏筆乘》引）。這正是指詩的「弦外之音」，詩的「味外之旨」，所謂像是酸，像是鹹，而味卻在鹽梅之外，才是詩的妙諦。

鈞　天

上帝鈞天會眾靈，昔人因夢到青冥。伶倫吹裂孤生竹，卻為知音不得聽。

欣賞

古時相傳天有九野，中央叫做鈞天。上帝在鈞天會見群神，從前趙簡子等也曾因夢而到過青冥的天上，和群神一起聽樂觀賞。在那裡，善製音律的伶倫，把簫笛都吹裂了，卻遇不到一個來欣賞的知音！

這首詩完全是用激憤的語氣，寫賢者未必能遇，遇者未必能賢，人世的浮名虛榮，像在夢裡，而庸才駑質，像夢裡的遊魂，反而輕登閶闔，但他們那裡是伶倫的知音呢？而懷瑾抱璞之士，反而由於尊卑闊絕，流落人間，那九閽遼遠之所，連夢也做不到那邊去！這種憤慨之意，自傷之情，已滿紙躍然欲發，但義山卻以盤鬱的語氣，不說自身的失意，從側面寫伶倫的得不到知音，使憤慨之情，不著痕跡，這才是手法高妙之處。

全首最得力的一個字，便是「裂」字的誇張，誇張的修辭格法，最能聳動讀者的心目，增強感人的力量，說把做管樂的竹子都吹裂了，為的是得不到一個知音，這「裂」字有千萬鈞力量。紀曉嵐批評它說：「太激便非詩體。」這是以傳統「溫柔敦厚」的尺度來衡量的，當然會覺得這詩的誇張已近乎淒厲了。

再者，義山因為博學強記，吐句常極典麗，但都能細意妥貼，絕無湊泊的痕跡。《峴傭說詩》中以為「義山七絕以議論驅駕書卷，而神韻不乏，卓然有以自立。」正指出他援引舊事入詩，均能揮斥自如。

憶梅

定定住天涯，依依向物華。寒梅最堪恨，長作去年花。

欣賞

這首小詩，連批評義山詩最苛刻的紀曉嵐，也承認它「意極曲折」。

定定是留止的樣子，物華是指暄妍的景物。一年復一年地滯留在天涯，對於春來的美景，更加戀惜。因為離去不得，而時光匆匆，身為羈旅的人，更覺春光的可愛。這第一句是寫地點，兼明人事；第二句是寫情感，兼及時物。到了第三句轉出「寒梅」作為全詩的重心，卻用反筆來寫，向來詠梅的詩多用讚賞的筆調，而義山卻反說寒梅最堪怨恨，第四句把上句加以解釋，說寒梅最可恨的一點，是老是開著去年的花朵，使人覺察物換星移，而不能旋歸，迴應著首句定定住天涯的意思。這種借物寄情的手法，本來是造成詩文蘊藉最妙的方法，加以一反陳套，不說留住天涯的可恨，反說寒梅可恨，實在比怨恨不能歸去更加動人。楊大年說義山的詩「包蘊密緻，味酌之而愈出。」本詩可當之無愧了。

這首詩的另一個解釋是說寒梅所以可恨，是因為寒梅得春訊最早，比擬自己得名最早，而得不到榮進的機遇，就好像春來百花齊放的時節，寒梅還只能滯留在天涯，開著它去年的花朵，徒然知春最早，卻比不上投機倖進者的萬紫千紅，而令人厭鄙。這是把它完全看成一首比擬的詩。

然而據張爾田的考證，「天涯」是指在徐州幕府，去年（大中四年）令狐綯為同中書門下平章事，令狐入相時在十一月，正是梅花始開之時，所謂「恨之故不能不憶之」。若依張氏的解釋，則又別有一番恨事了。張氏云：「住天涯矣，而加以『定定』，慘極」（見《玉谿生年譜會箋》卷四）。照這樣說來，本詩的沉痛，絕非徒感閒情而已。

還有一點：欣賞唐人的詩，對於詩題也不能放過，因為唐人吟詩，對詩題中的每一個字，無不緊緊切住。如本詩起首兩句，是為「憶」字而鋪排的，結尾兩句則緊扣著「梅」字。

天涯

春日在天涯，天涯日又斜。鶯啼如有淚，為濕最高花。

欣賞

照張爾田的考證，以為「春日天涯，點時點地。」這首詩與前首同意，都是作於大中五年，當時義山羈留在徐州幕府。「天涯日又斜」，暗指那一年鄭亞卒於循州，而府主盧弘正又卒於徐州（見《馮浩玉谿生年譜》）。府主既卒，義山徐州府罷還京，年正四十。而是年同平章事令狐綯又為中書侍郎兼禮部尚書，義山復以文章干綯。張爾田以為這兒的「最高花」正是指令狐氏。依據這一段情事，說這首詩是「字字血淚」也不過分了。

「春日在天涯，天涯日又斜」二句，讀起來一氣直下，極感明快，那是用了「頂真」的修辭法的緣故。以下句的「天涯」，來項接上句的「天涯」，加以上下兩句，又重出「日」字，上句「日」字在「天涯」之上；下句「日」字在「天涯」之下，又構成部分「迴文」的形態，這種詞序上的顛倒，能產生首尾迴環的情趣，使人讀來，感到一氣渾成。

第三句轉出「鶯啼如有淚」來，故意認真這個「啼」字，把「啼鳴」字雙關著「啼哭」字，鶯啼如有淚，竟把最高枝上的花兒也沾濕了！日斜淚濕，又暗喻著府主的遽逝，我們透過這綺麗無比的字面，可以窺見義山內心極深的沉痛。

溫庭筠詩欣賞

溫庭筠的詩，綺麗細密，屬對工巧，落筆酣捷，每多富貴韻致。古人拘於「正人不作豔詩」的教訓，以及認定晚唐詩的精工，不如初唐盛唐詩的神韻高華，受此種種定見的影響，對溫氏的詩，評價不高。

溫庭筠本名岐，字飛卿，宰相彥博之孫。雅善鼓琴吹笛，與李商隱齊名，時人號為「溫李」。因與段成式、李商隱都排行十二，同號其詩為「三十六體」。應試時走筆未嘗起草，籠袖憑几，一韻一吟即成，場中號為「溫八吟」；又曾八次叉手即賦八韻，又名為「溫八叉」；更因宴遊狎邪，為邏卒所毆，敗面折齒，貌更寢陋，又號為「溫鍾馗」。

胡元瑞曾說杜牧的詩俊爽、溫庭筠的詩藻綺、李義山的詩精深。論其才氣，則李不如溫，溫不如杜。胡氏的說法是很平允的。溫庭筠的才氣既這般高，著述也很多，可惜恃才傲物，不修邊幅，使他終身淪落。有一次宰相向他請教疑難，他叫宰相「空暇時也該讀些古書！」更有一次在驛站裡遇到皇帝微服出遊，他傲慢地問皇帝說：「你不是司馬長史之流的小官嗎？」皇帝說不是，庭筠更藐視地問道：「那末是文參簿尉之類的小吏吧？」於是「有才無行」之名，不脛而走。

溫氏既能隨絃吹的音樂，填成新豔的歌詞，所以常自創新調，風靡一時。下面所選的幾首近體和樂府，略能窺見溫氏風格的一斑。

三洲詞

團員莫作波中月，潔白莫為枝上雪。月隨波動碎潾潾，雪似梅花不堪折。

李嬢十六青絲髮，畫帶雙花為君結。門前有路輕別離，惟恐歸來舊香滅。

欣賞

〈三洲詞〉是當時的商人歌。舟人賈客，往還巴陵三江口，歌人吹笛江邊洲上，其音寥亮逸發，使聞者怨嘆興嗟，使「重利輕別」的商人，深深地警省。這種歌詞，是由已定的樂曲來配詞，不是先選好詞句再來配樂的；因此，不論就聲調或內容來說，必須配合歌曲的調名。

「團員莫作波中月，潔白莫為枝上雪」說要團圓，也不要像水波中的月亮那般的團圓；要潔白，也不要像枝上的雪花那般地潔白。為什麼呢？它像一個別致的謎語一樣，引人入勝，接著就把理由說出：「月隨波動碎潾潾，雪似梅花不堪折。」說水中團圓的月亮，只要波水一幌動，就成潾潾的碎片；枝上潔白的雪花縱使絕美，也不能折下來的呀！

起首用二個主意並寫，作為雙起，三四兩句又分述這二個意思，作為雙承。這種以下句來作為上句注腳的型式，在律詩中，通常除了結句外，是不用的。但在古體或樂府體，常用這種方法來作為開端，能收到詞意宛轉的效果。

五六二句才把主題表出：「李孃十六青絲髮，畫帶雙花為君結」，說李家的姑娘，年方十六，頭髮像青絲一樣，繡著二朵花的帶子繫在腰間，那是為她心愛的人而結的。就容貌的美豔方面，只點出她青絲般的秀髮；就衣飾的華麗方面，只描繪她腰間的合歡結。青絲髮寫她年輕的外貌，合歡結寫她癡情的心事，只須這樣一勾描，已使那位遠行者「辜負美人」的罪債，無法清償了。

原來描畫一個美女，與其用許多浮豔的字彙，去形容她臉上各部分的美，不如只說她某一部分獨特的美，反覺出色。魏際瑞曾說：「合眾美以譽人，而獨至者反為浮美所掩，人之精神聚於一端，乃能獨至！」教人描寫人物，側重一端即可。這詩只寫她的秀髮和合歡結，整個美貌與癡情的想像，已由讀者自己替她創造出來了。

李孃二句既就閨人而寫，結尾「門前有路輕別離，惟恐歸來舊香滅」，則寫行旅之人。說李孃的門前正臨大路，別離真是容易，然而歲華匆匆，只恐行旅歸來的時候，舊日的馨香已經散滅了！用「輕別離」來回應波中團圓的月亮，用「舊香滅」來回應枝上不堪攀折的雪花，言下無限感傷，教人不勝低徊，黯然淚下了。

再者，五六二句用「散行」的形式，可說是很別致的地方。因為就八句的詩而論，五六二句，大都以「聳然挺拔、別開一境」為正格，而用「散行」的形式，在唐詩中是很少見的。五六二句，平平淡淡，正像一般詩的開端，至結尾二句，仍是紆徐平易，不用陡健的句意，這是由於前半已盡其變態，後半只須平直敘事，已能使結尾有悠揚搖曳的情致。沈德潛說：「樂府之妙，其來于于，其去徐徐，往往於回溯曲折處感人，是即依永和聲之遺意。齊梁以來，多以對偶行之，豈復有詠歌嗟歎之意耶？」溫氏這首樂府，少用對偶，而意頗曲折，深合詠歌嗟歎之法。

春曉曲

家臨長信往來道，乳燕雙雙拂煙艸。油壁車輕金犢肥，流蘇帳曉春雞早。
籠中嬌鳥暖猶睡，簾外落花閒不掃。衰桃一樹近前池，似惜紅顏鏡中老。

欣賞

前人曾說：盛唐的詩以「詞情」見長；中唐的詩以「詞意」見長；晚唐的詩以「詞律」見長。以為盛唐中唐重在鍊氣鍊意；到晚唐才偏重於鍊句和鍊字。並有「溫李以下，更無論已」之嘆。然而這只能說是一個大概，像這首春曉曲，妙處並不在鍊句鍊字。

所謂鍊句，像溫詩的「長廊夜靜聲疑雨，古殿秋深影勝雲」（見〈晉朝柏樹〉）、「不見水雲應有夢，偶隨煙鳥便成家」（見〈西江上送漁父〉），這種「佳句」可以被摘出來激賞，並且還須符合「七言下三字，須出上四字意外」（見嚴首昇語）的巧訣，像本詩句句七個字都是平直踏下的，明白流暢，並不著意於鍊句。

所謂鍊字，像溫詩的「鴉背夕陽多」（見〈春日野行〉）、「鶯偷百鳥聲」（見〈太子西池〉）、「夜聞猛雨判花盡」（見〈春日偶作〉）、「窗外花枝借助香」（見〈戲酬寄新醞〉）。句中的多字、偷字、判字、借助字，都極鍛鍊，沈確士看不起這種纖巧的鍊字法，以為晚唐詩句雖好，而意亦盡於句中，所以說：「求新在此，不登大雅之堂正在此。」然而溫氏的樂府，仍是包蘊密緻的，像本詩並沒有一句是特別為求新而下工夫雕刻的，並不能說他「用意十分，下語十分」缺少蘊藉的意味。

全詩的大意是描寫一個女子空閨獨守，嬌慵無聊的情態。說她家住在長信宮附近，瀕臨著車馬往來的衢道，新春來時，乳燕雙雙地飛著，掠過煙霧與新草，那漂亮的油壁車，能走得很輕捷，那駕車的黃牛，已經養得很肥，閨中的五彩繡球交錯成同心結的流蘇帳仍下垂著，總覺得春雞啼得太早了。籠中所養的嬌鳥，在陽光裡還在貪睡，簾外積滿了落花，但人兒慵懶慣了，誰去掃它呢？只有一株臨近池塘的桃樹，桃花將謝，它照在池水裡，好像在鏡中憐惜自己行將老去的紅顏。

全詩不曾正面寫閨怨，只用籠中貪睡的嬌鳥，來暗比流蘇帳裡遲起的美人。簾外的落花都慵懶不管了，縱使有輕車肥牛，也沒有出遊踏青的心情了。為什麼不願出遊，而寧可貪睡呢？可能是因為怕見春野雙雙的乳燕；為什麼怕見乳燕雙雙？因為家臨往來的通道，是最容易賦別的呀！良人不歸，空閨獨守，那心情不就像籠中的嬌鳥嗎？不就像池邊的桃樹到了晚春嗎？

「衰桃一樹近前池，似惜紅顏鏡中老。」把一株池邊的桃樹，寄以靈性，託為有情，桃樹對著池水，照自己行將凋零的影子，憐惜青春將逝，閨中孤寂的芳心，對著虛空的、繡球為飾的流蘇帳，和油漆光亮的油壁車，將作怎樣的感慨呢？

這首詩的字面十分綺麗，《苕溪漁隱叢話》說它「殊有富貴佳致」，這恐怕和詩人的秉性有關，因為並不是詩中堆砌許多「珠簾繡戶」之類的詞藻，便能有富貴情致的。《漫叟詩話》說：「言富貴不及金玉錦繡，惟說氣象。」溫氏的詩，是在富貴的氣象上取勝的。

還有值得一談的是：溫庭筠的詩中，特別喜用「紅」字，幾乎有一半的詩，必有紅字。除本詩的「紅顏」外，有紅妝：「紅妝萬戶鏡中春」，有紅粉：「夜軒紅粉陳香羅」，有紅鉛：「倚瑟紅鉛濕」，有紅淚：「紅淚文姬洛水春」，紅顏或又寫紅玉：「蘭膏墜髮紅玉春」，鏡裡所見的愁也是紅的：「鏡裡見愁愁更紅」，帳上所見的也是紅的：「紅珠斗帳櫻桃熟」，床頭所見的也是紅的：「錦疊空床委墜紅」，織機上所見的也是紅的：「文君織得春機紅」，門也是紅的：「小苑有門紅扇開」，馬也是紅的：「柳邊猶憶紅驄影」，魚也是紅的：「水客夜騎紅鯉魚」，鳥嘴也是紅的：「紅嘴啄花歸」，鳳尾也是紅的：「秦王女騎紅尾鳳」，露也是紅的：「不見紅珠滿樹時」，波也是紅的：「水漾暗紅壓疊波」，描寫花的紅更是花樣百出：「恨紫愁紅滿平野」、「紅深綠暗徑相交」、「一枝惆悵紅」、「落鏡愁紅寫倒枝」、「似無如有帶朝紅」、「高低深淺一闌紅」。單寫荷花紅的就有：「唯有荷花守紅死」、「舊日嘉蓮照水紅」、「不見池蓮照水紅」、「紅藕香中萬點珠」。單寫紅葉的就有：「紅葉聲乾鹿在林」、「一夜林霜葉盡紅」、「寒鴉遶亂葉紅時」。溫氏這樣喜愛以紅色來妝飾他的詩國，和李賀偏愛以白色來妝飾他的詩國一樣，這二種顏色，十足代表著他們不同的個性。

古　意

莫莫復莫莫，絲蘿緣磵壑。散木無斧斤，纖莖得依託。
枝低浴鳥歇，根靜懸泉落。不慮見春遲，空傷致身錯。

欣賞

凡寫「古意」的詩，要就文句上求高古渾邁；就精神上求清真動人。所以本詩不是以對仗精工取勝的。

「莫莫復莫莫」的句法，和木蘭辭「唧唧復唧唧」、及古詩十九首的「行行重行行」一例，是以重出字來作開端的。莫莫是草葉長成的樣子，莫莫而又莫莫，見得枝葉十分茂盛。「絲蘿緣磵壑」，是說菟絲和女蘿沿著磵壑而蔓生，菟絲莫莫然茂盛；女蘿也莫莫然茂盛。

「散木無斧斤，纖莖得依託」，絲蘿爬到一株散木上，因為散木不能供作器用，所以不會遭到斧斤的砍伐，纖弱的絲蘿才能得到了依託。散木無斧斤的典故出於莊子人間世，莊子以為散木做的船會沉，做的棺槨很快就朽腐，做的器皿很快就毀壞，做的門戶常有黑水流出來，做的柱子易遭蠹蛀。所以散木沒有斧斤的災禍，最能長壽。絲蘿縈蔓於樹木，古來一直比擬女子委身於良人，纖莖依託著散木，好像也可以渡過平安的一生了。

然而散木不比喬木，畢竟不是理想的對象。它的枝幹低矮，沒有高飛的鳥來棲息，只能供一些出浴於澗壑的鳥兒去憩歇；沒有風濤雅韻，不能臨雲長嘯，那靜靜的根莖，只有些泉珠懸落下來，在這低卑的隰地，潮濕而幽昧，雜沓而寂寞，這「枝低浴鳥歇，根靜縣泉落」二句，把前面「幸得依託」的意思突然轉變，那種意味，恰似一個美慧的才女，嫁了一個平庸的丈夫，過著卑俗而無聊的生活。

結句「不慮見春遲，空傷致身錯」，深深地道出慨歎，說所當憂慮的不是逢春太遲，而是悲傷當初所委身的對象弄錯了！縱使春光不老、枝葉莫莫，也是徒然的了！

三月十八日雪中作

芍藥薔薇語早梅，不知誰是豔陽才，今朝領得東風意，不復饒君雪裡開。

欣賞

這是一首比興體的詩。從早梅的綽約芳潔、和芍藥薔薇的妒賢自矜，寫出一個失時侘傺的君子，遭受傾軋嫉妒時的窘態。

這時已是三月十八日了，本來是豔陽的春天，屬於芍藥薔薇競豔的時節，芍藥薔薇問早梅道：不知道誰纔是豔陽天的寵兒呀？可憐那皎潔的早梅，早已凋殘得不成靚妝了。

芍藥和薔薇，一葉一鬟，飾姿弄妍，雖然自誇是豔陽天的驕子，但是中心何嘗不自知比不上梅花衝寒而放的貞節呢？這一天，恰好在春末降了些雪，芍藥和薔薇喜不自勝，更加驕傲起來，說：今朝領略東風的意旨，讓我們也耐受了一番春雪，從今以後，什麼也不會再輸給妳的了！

全詩只從芍藥薔薇的一邊寫，而失時落魄的早梅，只有默默地忍受，還有什麼好說的呢？這短短的四句，使得時倖進者的氣燄十分囂張。

大凡一首好詩，必須有優美的聲調、綺美的字面、和精深的含意。謝茂秦說過：「凡作近體詩，誦要好、聽要好、觀要好、講要好。誦之行雲流水、聽之金聲玉振、觀之明霞散綺、講之獨繭抽絲，此詩家四關，一關不過，即非作家。」溫氏這一首近體詩，具備了謝氏四項美的要求，而講解其意時，真如獨繭抽絲，雖有頭緒，但悠長而不盡，彷彿這二十八個字的組合，已恰到妙處，任憑你怎樣去解釋它，翻譯它，再不能恰好。

新添聲楊柳枝辭（二首錄一）

井底點燈深燭伊，共郎長行莫圍棋。玲瓏骰子安紅豆，入骨相思知不知？

欣賞

新添聲楊柳枝，是唐曲的一種，據胡震亨的考證，乃溫庭筠所創製（見《唐音癸籤》卷十三）。楊柳枝古曲本名折楊柳，至白居易時加以新翻，已與古歌舊曲不同，風行一時，至溫氏又加以新添聲，更加浮豔。當時歌榭飲筵，競相歌唱，而其時有一位紅歌星周德華，曾教許多豪門女弟子唱歌，獨獨不肯唱溫氏的作品（見《雲溪友議》）。可見這樣的歌詞，在唐朝人看來，已經嫌它太「香豔」了。

全詩四句，都用俗諺民謠的語調寫成，「井底點燈」是點燭於深處，所以說「深燭」，深燭諧音雙關著「深囑」，「深燭伊」是說「深深地囑咐他」。

「共郎長行莫圍棋」，「長行」是唐人用黃黑子各十五個，又以骰子來比賽的一種遊戲，這兒把「長行」借義地雙關為「長走在一起」的意思。「圍棋」是諧音雙關著「違期」，從字面上看，是說在井底點了燈，深深地照亮你，要和你作長行的遊戲，不要去下圍棋。而雙關的意思是說：「深深地囑咐你，要和你長走在一起，斷不要分離，更不要逾時而不歸。」

作長行的遊戲時是要擲骰子的，所以說「玲瓏骰子安紅豆，入骨相思知不知？」因為骰子的一點和四點是紅色的，其他是黑色的，正像上面安置著紅豆，紅豆又名相思子，也有紅黑二色，玲瓏可愛，這相思子般的色彩刻在骰子上，骰子是骨頭製成的，所以又借義地雙關說「入骨相思知不知？」

全詩的趣味，都在雙關語中，一詞兼攝兩意時，使你無法把它的意義一齊說盡，在樂府歌曲中最擅此種。王弇州曾說：「樂府詩妙在可解不可解之間。」是說樂府詩最不能被剖析，溫氏這一首〈新添聲楊柳枝〉，雖是比較逕露的，但字裡行間那種村俗民謠中樸茂天真的美，也頗耐人尋繹，教人愛賞不已。

跋

「用專家的材料，寫通俗的文字。」是我寫本書的願望。

我對寫「小書」有興趣，因為我覺得「用著書來讀書」一舉兩得。而且為了寫出自己的心得，讀書起來既留心、又有味。本書共選了唐代十二位詩家的作品，加以分析欣賞，兼談作法，他們的序列次第略按年代的前後，至於為什麼選這十二家，那只是視手頭有無較為完備的資料而定，「小書」可以一面蒐集資料一面寫，因為我還在繼續往下寫，所以凡屬大家，不久都希望予以介紹。寫作時，每次我一定讀完了他們的全集，才選詩欣賞；權衡了諸家的箋評，取以與一己的心得相印證，才落筆評騭。所以我是將著書視作一種手段，讀書才是我的目的。

唐代的詩家還多著，我仍在熱中地讀他們的集子，期望能有第二、第三本《詩心》繼續貢獻到讀者的面前。

黃永武跋於民國六十年四月

葉嘉瑩 作品

好詩共欣賞——陶淵明、杜甫、李商隱三家詩講錄

本書乃自作者「舊詩欣賞」講座的講稿整理而成，結合了傳統詩論和西方理論評賞中國詩歌。書中就「興」的作用，列舉陶淵明、杜甫、李商隱三位身世、風格各異的詩人作品為實例，從形象、結構上剖析其所傳達出感發生命的深淺厚薄，理論與例證相輔相成。在淺顯雅潔的字句中，引領讀者體會古典詩歌的精粹。

迦陵談詩、迦陵談詩二集

詩，是最美的文學形式。從先民歌謠的《詩經》發展至今日的現代詩，詩體雖屢經變革，但詩歌含蓄、溫厚、情韻豐富的特徵，卻是古今皆同。本書是作者研究中國詩歌多年的心得，書中處處可見其敏銳細密的詩情、詩心，以及對詩的獨到見解與深刻體會。希望能使古今中外的知性資料發揮考證辨析之妙用，並護持詩歌中感發之生命，在評者與讀者之間，引發生生不已的啟發和感動。

迦陵談詞

本書從王國維《人間詞話》的三種境界談起，繼而賞析溫庭筠、韋莊、馮延巳、李後主，乃至晏殊、吳文英等詞家的風格特色。尤其〈拆碎七寶樓臺〉一文，對吳文英其人其詞提出迥異於舊說的新見解，為其「昔君好武臣好文，君今愛壯臣已老」的不遇於世做了知音的評析，還給詞人一個客觀公正的文學地位。

清詞選講

清代是詞的復興時代，國破家亡的黑暗，卻孕育出一批優秀的詞人和作品。本書為作者的課堂講稿整理而成，以「憂患意識」為一條主線，貫穿講述了清詞復興的時代背景，串連了十位詞人的身世和作品。從李雯悔恨交加的〈風流子〉，到吳偉業沉鬱羞愧的〈賀新郎 病中有感〉，最後收束在張惠言超然的〈水調歌頭〉五首。相信這些面對巨大痛苦而生發出的文學作品，必定可以帶給現代讀者們，更多對生命的體悟。